U0856775

愿你成为自己期待的那个人

臧一民 著

江苏凤凰文艺出版社
JIANGSU PHOENIX LITERATURE AND ART PUBLISHING,LTD

图书在版编目（CIP）数据

愿你成为自己期待的那个人 / 臧一民著. —南京：江苏凤凰文艺出版社，2017.8

ISBN 978-7-5594-0427-5

Ⅰ.①愿…　Ⅱ.①臧…　Ⅲ. ①散文集－中国－当代　Ⅳ.①I267

中国版本图书馆CIP数据核字（2017）第108621号

书　　名	愿你成为自己期待的那个人
作　　者	臧一民
出版统筹	黄小初　侯　开
选题策划	郑丽丽
责任编辑	姚　丽
装帧设计	白砚川（@白砚川）
责任监制	刘　巍　江伟明
出版发行	江苏凤凰文艺出版社
出版社地址	南京市中央路165号，邮编：210009
出版社网址	http://www.jswenyi.com
印　　刷	三河市南阳印刷有限公司
开　　本	880毫米×1230毫米　1/32
字　　数	130千字
印　　张	8
版　　次	2017年8月第1版，2017年8月第1次印刷
标准书号	ISBN 978-7-5594-0427-5
定　　价	36.80元

影视版权抢订热线　13911704013

仍惦记《大话西游》里，悟空是否和紫霞仙子在一起了？

当觉得全世界都不理解自己、都不关心自己的时候，
未必就是这世界出了问题。

世间本无绝对的公平，我们能做的是让自己最大限度地拥有对抗不公的实力。

中华五千年历史，战争无数，可竟没有一场像特洛伊战争那样，单纯为了一个美丽的女人而发起，是莫大的遗憾。

攻心术：师父啊，你放着活人的性命还不救，

昧心拜佛取何经？

人世间的夫妻，并不都是般配的，总会或多或少有遗憾！

目录
contents

序言 爱情与权谋 >>>

“爱从不是凭空来的，它也不会一直都在。”

《水浒传》中，作者借王婆之口说了这样一段话：**“但凡捱光的两个字最难，要五件事俱全，方才行得……唤做潘、驴、邓、小、闲。五件俱全，此事便获着。”**[1]

对于王婆口中的“条件”，千百年来一直被将之当成“邪术”，认为其是不光彩的。但仔细想想，似乎未必就是如此。

我们之所以觉得它坏，不过是因为提出这一“术”的王婆坏，用来实施这一“术”的西门庆也坏。

可抛开这些外在干扰条件来想想，王婆似乎并未说错。

不管是爱情，还是择偶，哪一个不想找那貌美多姿的，哪一个不想找那没有经济压力的，又有哪一个不想有大把的时间与爱人亲密相处，以及另一半儿可以忍耐自己又能生活和谐呢?

这些是人们的渴望，其实某种意义上讲也是人们衡量、选择另一半儿的隐性条件。

很多人以为自己根本不在乎这些，其实不过是一种自我欺骗罢了。因为自己达不到那条件，又没有一颗勇于努力进取的心，只好说那条件其实无用，甚至将之斥为“邪术”。

就这样，我们告诉自己，也不得不告诉自己，爱情就是爱情，它是完全独立的存在，不需要掺杂任何其他。

然而仔细想想，真的不需要吗？

如果仔细观察就会发现，往往说经济不重要的，多半儿口袋里并不充裕；说外表不重要的，多半儿本身长相并不出众，也不怎么会打扮；说忍耐不重要的，也多半儿是些脾气秉性怪异的家伙……

不是那条件不重要，而是他达不到。所以，他大声告诉别人，那不重要。为的不过是掩饰自己的不足而已。

王婆口中的那几条，从来都是重要的。

但我们也要认清另一个事实：这世上大多数人都达不到那要求。

冲突出现了。

让人欣慰的是，这冲突并不需要我们独自去解决，古人早给我们提供了方案。

从爱情诞生以来，它就有两副面孔，一副贴近完美，一副趋于现实。

从古至今，让人们歌颂的爱情确实可以分为两大类：一类是浪漫温馨、真挚感人的爱，另一类是不离不弃、相濡以沫的爱。前者虚幻，后者真实。前者满足了人们对爱的一切幻想，后者提供了爱的最佳典范。最聪明者，是那懂得偶尔营造前者的浪漫瞬间，用后者去指导生活的。

想要获取这份聪明，需要“术”，需要“谋”，也就是说需要一定的见识与眼光。

比如，首先要会分辨。我们可以不重视财富，但不能不去追求财富；我们可以不以形象判定人，但绝不能不看重形象……

如果一个人没钱的人，拼命告诉你钱不重要，目的是为了掩饰他不思进取的心，那么这个人便不可靠；如果一个人告诉你仅仅看重外表是一种虚荣，目的是掩饰他的邋遢与随意，那么这个人便不可靠……

我们当然不会用财富衡量一切，但这并不能作为不去追求财富的理由；我们当然不会以外表衡量一切，但这并不等于我们便可以不去追求美……

这是辨识他人的法门，却也是激励自我的信条。

想要获得一份满意的人生，要懂得类似这些的“术”与“谋”。懂得了它们，可以帮自己辨别出最佳的另一半儿，也可以帮自己成长为别人眼中的最佳。

当对方优秀了，我们的生活便会更加优越；当我们自己优秀了，便可以遇见更优秀的人。

懒惰，不仅是爱情的大敌，更是人生的大敌。

好在我们繁复而博大的文化与传承中，充满了成功的范例，当然也不乏失败的典型。

本书以流传最广，人们认同度最高的古典四大名著为母题。选择了其中典型的成功者和典型的失败者，展现美人的人生，分析她们的得失与成败。

我们对这些美人的爱情做了梳理与总结，意在呈现一种人生，也是提供一种借鉴。

人与人从来不相同，人与人又从来无差别。她们的人生我们无法经历，她们的人生却也是我们每个人的折射。读懂了那些人，那些情，也就读懂了爱，读懂了自己。

“爱从不是凭空来的，它也不会一直都在。”

臧一民

注释

［1］引自《水浒传》（人民文学出版社）317页。

Part 1

妖魔化爱情下的人生困扰

爱情无处安放。这不是女人的错，是男人表错了情。

——期待的那个人

《水浒传》确是一本好书，不过历来解读颇多，争议也颇多。许多人都好奇一件事，那就是梁山好汉基本不近女色。其实，这是历史使然，也是环境使然，更是人物使然。

《水浒传》写的是流民[1]，那就要从流民身上找原因。流民最大的特点是动荡和贫穷，而动荡者是不可以有爱情的。贫穷从来都是爱情最大的敌人。

心理学家给广义的爱下过一个定义：爱是一种时间上的给予。爱情从诞生的那一刻起，就注定是一种精神上的享受。贫穷的流民所缺少的恰恰是闲适的时间。这一点，《水浒传》的作者也通过王婆之口说了出来：**“但凡捱光的两个字最难，要五件事俱全，方才行得……第五件，要闲工夫。”**[2]

流民是没有闲工夫的，他们要为生存奔忙，一日不去寻钱，第二天便没了食粮。流民注定只能养活自己，无法负担起一个家庭。

遗憾的是，有些东西虽并不能人人拥有，却是人人所需要的。情欲便是其中之一，无法组建家庭的流民，满足情欲的唯一方式就是流连于勾栏瓦肆。

流民喜欢妓女，但流民也害怕妓女。喜欢的是能从她们那儿得到满足，害怕的是自己会爱上她们。流民的境况决定了，他们负担不起爱情。

人对于负担不起的东西，常有两种情绪：一是羡慕与渴望，二是诅咒与憎恨。流民选择了第二种，他们强迫自己从骨子里憎恨妓女。所谓的“婊子无情，戏子无义”，掺杂的多是此类情感。

人们觉得妓女无情是因为她们只认钱，有钱时她们对你千般好，无钱时她们便换了另一副嘴脸，直接将你扫地出门。这不是妓女的错，是男人表错了情。

妓女本身就是贩卖爱情的职业，爱情于她们来说不是情感，而是商品。

一个人总去一家饭店吃饭，时间久了跟老板相熟，便能成为朋友。但若觉得成了朋友后，就可以随便去吃而不给钱，那么多半会遭人唾骂。有人若常去嫖同一个妓女，待双方熟悉之后，发现那妓女竟不肯免费给予服务，人们就会骂那妓女无情。

不是妓女无情，而是男人太过自作多情。

流民自然也是自作多情，对于妓女便又爱又怕，不过囿于自身的窘境，怕多于爱。这类社会底层的人所能真正亲密接触的女性，也基本就是妓女一类了。这时，他们便会将这类情感放大，扩散到所有的女性。流民，是害怕女人的。

于流民来说，女人就是最大的祸水。任你手艺非凡，任你见多识广，一旦跟女人生了情，这个人就会由光鲜走向落魄。这种落魄不是妓女造成的，而是流民刻意追求自己所负担不起的生活导致的。但流民不会如此想，他们需要寻找一个替罪羊，帮他们摆脱失败者的认知，这是支撑他们活下去的理由。对流民来说，妖魔化爱情是摆脱情欲困扰的最好方式。既然我无法拥有，那就干脆把爱情想象成这世上最丑陋的东西！

《水浒传》从来不是一个人所写，它来自说书人的集思广益，其成书是一个逐渐累积的过程。在《水浒传》成书的过程中，创作者是流民，底下坐着听的人，很大一部分是流民，书中写的，也多是流民。他们的意识决定了，这本书必然是排斥女人的。

《水浒传》中的女人，要么浪荡如潘金莲、潘巧云，要么邪恶如王婆，要么粗鄙、残暴如孙二娘和顾大嫂，只一个具有女性魅力的正面角色——扈三娘，但她被许配给了毫无本事、只一味好色的矬王英。

这是作者的潜意识反应，也是作者出于生存所必须秉持的观点，当然，也是当时很多听众所需要的。把女性妖魔化是他们的需要，也是他们麻痹自己的致幻剂。

《水浒传》之所以伟大，就在于它虽然立足于妖魔化女性，但依然能够从中解读出女性的某些魅力来。当然，更多的是，从这种视角出发对女性的刻画，可以让我们更加清晰地认识到当时女性的处境，方便我们去解读那时女性所面临的种种选择与困境。真正走入其中之后就会发现，其实我们从未走远。《水浒传》中女人所面对的，依然是我们今天的女性需要去面对的。

这种解读，于《水浒传》，是想让那些“无面目”的女人变得清晰可见，给她们以生命；于读者，是通过刻画这些女人，来发现我们自己的生活。

注释

［1］流民原指由于天灾人祸，为了生存，被迫背井离乡的底层百姓。后来泛指没有固定居所、家庭，不断迁移，四处讨生活的人。这里的“流民”取其引申义。

［2］引自《水浒传》（人民文学出版社）317页。

唯太阳和人心不可直视

> 在爱情里，只享受权利而不负责任，与耍流氓何异？
> ——期待的那个人

让我们先从命运谈起。

所有的一切都源自那炷香，如果不去烧那炷香，林冲的妻子怕是会幸福一生吧！

烧香原是为了还愿、礼佛，可佛却送来了高衙内[1]——一个十成纯度的恶魔。

那恶魔调戏了林娘子、亵渎了林娘子，却在她丈夫的眼皮底下大摇大摆安然离去。林娘子怕是伤透了心吧！这是命运跟她开的玩笑，这“玩笑”却也反映出她丈夫的怯懦与卑微。

原来，那所有的爱，并不纯粹。

如果林娘子足够聪明，她是可以发现自己丈夫本身存在问题的。但她似乎被爱情和生活蒙住了双眼，想当然地以为，丈夫是可信的，也是值得自己托付终身的。

以林冲日常的表现，他确实当得起这个评价。林冲有实力、有能力，也有地位。他是八十万禁军枪棒教头[2]，前途无量；他一身武艺，本事非凡。更重要的是，他竟然还肯为自己的娘子花费时间。

两千多年以后，遥远西方的一个资深心理学家在自己的作品中不断重复着一句话："爱是一种时间上的给予。"

这是心理学家对爱的定义，却也是甄别爱的一个法门。一个男人嘴里说在意的，其实内心未必是真正在意的，但他愿意花心思去做的，一定是他所在意的。他说他爱你，愿跟你生生世世在一起，转头却将时间给了游戏、事业和他的兄弟，那么他一定没那么爱你。

林冲显然是愿意在林娘子身上花费时间的，否则他不会陪她去进香。这林冲，通过了第一重考验，也仅仅是第一重而已。然而，他却依靠这个骗过了自己的妻子。

这世上确有些这样的人，他只是愿意给你时间而已。不过，他愿意这么做不是因为他真正在意你，只不过他不想拒绝，准确地说，是他没有拒绝的习惯。你说什么，他就点头应了，但其实，他并不真想那么做，但他依然会答应。拒绝，对有些人来说，是世上最难的事情。这种人，内心多半儿怯懦。

果然，将林娘子送到庙里之后，林冲就独自离开了。他任妻子和侍女去进香，自己趁机遁走了事。这暴露了林冲的真正想法，他并不想陪妻子来，只不过是下意识地答应了而已。林娘子并没能甄别出林冲的真正心意。

林冲若不走，怕也不会有后来的事……那高衙内虽浑，但是若见林冲在旁边，肯定也不敢去调戏他的娘子。然而，现实没有那么多"如果"。

就这样，一个巧合改变了林娘子的命运。

通常来讲，能让巧合真正起到坏作用的，还需要另外一个条件——当事人表现足够蠢，这往往是悲剧的另一个根源。而林娘子的依靠——她的丈夫林冲，表现得并不尽如人意。

其实，若是足够聪明的女人，是可以发现丈夫的懦弱的，但林娘子终究没有那么聪明，她没发现林冲不仅仅愿意在她的身上花费时间，更愿意在另外一件事上花费时间，甚至愿意为之牺牲尊严，那件事就是前程。林冲的这个性格，注定了林娘子最终会走向悲剧。

林娘子最大的问题，是缺少甄别的能力。

《水浒传》里虽然对林娘子的家境着墨不多，却也能从中窥探一二。林娘子出身传统家庭，她的父亲是老实、本分的张提辖[3]。

这张提辖没什么大能力，却有自己的原则，更重要的是，他极容易相信自己身边的人。正是因为这点，当林冲要休妻的时候，张提辖没看出林冲的本意，却以为这女婿是一片好心。

林娘子完全继承了父亲这一秉性——老实、厚道、本分，尤其是会无条件相信自己身边的人。

她自身善良，便以为别人也善良；她对丈夫一片痴心，便以为丈夫对她也一片痴心；她以家庭为唯一，便以为丈夫也以家庭为唯一。

当一个人用这种思维去看待一切的时候，他必然能够得到最好的朋友，但同时他也更容易被人欺骗。

林冲便“欺骗”了林娘子。

在林娘子眼中，丈夫一心奔前程，定然是为了这个家，是为了给自己更多的幸福。

确实，林冲有了前程，一定会达到她的预期，让家变得更好，让林娘子过得更好。只是林娘子从未想过另外一个问题，当家和前程发生冲突的时候，丈夫会选择哪一个？

这时的选择，才能看透男人的本心本性。他选择家，那么他的努力就是为了这个家；他选择前程，那么他通过努力给家带来的幸福，不过是一个额外之喜。

林冲选择的是前程。

林冲一向是奔前程的，也是有前程的。他是八十万禁军教头，还颇受领导高太尉高俅赏识。这一点，连高衙内的狗腿子富安都知道：**“他见在帐下听使唤，大请大受，怎敢恶了太尉……”**[4]许多人以为高俅是个恶棍，便自然觉得他对林冲本就不好，其实不然，高俅是重视林冲的，**“大请大受”**就是证明。只不过在林冲和他干儿子之间，高俅选择了自己的干儿子而已。

“我寻思起来，若为惜林冲一个人时，须送了我孩儿性命，却怎生是好？”[5]

这是高俅的原话。那时，他已经知道了高衙内因为思念林娘子而患病，狗腿子富安也给他出了主意，劝他干掉林冲。显然，高俅被说服了，已经决定放弃林冲了。但高俅言语之间依然有惋惜之意，而且他也并不想随意就将林冲处置了，只是苦于没有稳妥的办法。

“却怎生是好？”表露了高俅当时的心境，他需要一个能说服自己和众人的理由。当初打击报复王进的时候，高俅可是丝毫没有犹豫。那时，他决绝得多，也凶狠得多。

可见，林冲是有前程的。然而，因为那炷香，暴露了一个隐藏的问题，林冲眼里只有前程。

遇见高衙内的时候，可以想象林娘子的恐慌，那时候她最希望的肯定是自己那伟岸的丈夫从天而降，救出自己，惩治那恶徒。林冲确实来了，也救出了她，但并没有惩治那恶徒。当他认出那调戏他娘子的人是高衙内时，先自手软了。林冲没有打下去，他怕了。

不过，这情况是可以理解的，人在矮檐下，哪能不低头？林冲自己也跟鲁智深说：“**不怕官，只怕管**。”[6]要生存就要学会妥协，这结果林冲可以接受，林娘子必然也能够接受。毕竟对于一个女人来说，“安稳”要大过“使气”，即使惩治了那恶徒又如何？到头来还不是惹来一身麻烦，平添许多烦恼。女人渴望的从来都是情感上的壮阔，于生活，自然平平安安最好。尤其是林娘子这种老实、本分的女人，她要的不过就是平安无事而已。

然而，林娘子终究没有发现，这次事件暴露了丈夫一个致命的弱点。林冲想要的太多了，可他偏偏又没有把握太多的能力。他既要家庭的安稳，又要事业上的顺遂。这自然不是什么毛病，但当两者产生不可调和的矛盾时，林冲竟突然没了主意，他不知道该怎么办了。最终，林冲选择了最为无能的办法——忍。想依靠忍让去解决问题，从来都不会有效果，何况面对的还是魔鬼般的高衙内。

林冲最为缺乏的是担当。

这种人，只有无路可退的时候，才敢于反抗。林冲，正是这样一个人。

让人不安的是，高衙内手下的狗腿子富安发现了林冲这一点，他那句“**敢恶了太尉**”，实在是将林冲看到了骨子里。是的，林冲不敢“恶了”高太尉，即使是他的妻子受辱，他也不敢，甚至在高衙内和妻子之间，林冲的心里依然是偏向高衙内的。这一点，怕是林娘子到死都想象不到，更是不愿接受的吧！

高衙内敢于继续冒犯林娘子，是因为他断定林冲是不敢把自己怎样的！林冲所能做到的最大限度，也就是守好自己的妻子，让高衙内不能得手。至于惩治魔鬼、干掉高衙内，林冲是不敢的，甚至想都没想过。

不过，即使卑鄙如富安，却也看错了一点，他跟高衙内说：**“妇人家水性，见了衙内这般风流人物，再着些甜话儿调和他，不由他不肯。”**[7]实在是小看了林娘子。林娘子虽老实、本分，但也有着老实人特有的优点——坚忍。这样的人，怎么是高衙内身边那些见利忘义的小人所能比的呢？用那些见了高衙内的权势便自动委身于他的婆娘之心，来揣度林娘子，实在是“唐突佳人，不当人子”。

若论胆气和担当，林娘子强过丈夫千万倍。

然而，我们必须看到，林娘子的胆气与担当，并不能帮她解决问题。因为她的这份胆气和担当不是面向于外的，而是求之于内的。

这是传统性格女人的共同特性。

林娘子有对内的坚忍，却没有向外的勇气。她所有的坚持与努力，都是为了做一个最好的自己，而不是去解决自我与环境的冲突。她的毅力是用来自律的，而不是用来对抗的。

当外界压力来临，想要强行改变一个人的境遇时，林娘子这类人，永远不会选择去跟环境对抗，更甭提去改变环境了，他们只会选择不去同流合污。

正因为此，林娘子没有反抗高衙内的胆气，她有的只是宁可牺牲自己，也不做一个“浪荡人”的胆气。

这种人身上也有一种“怯懦”，但并不可鄙，也不可悲，从某种意义上讲，他们也是可敬的。我们不能用要求圣人的标准去要求一个普通人，能够做到坚守自我，就已经很伟大了。

在林娘子心中，丈夫肯定也跟自己一样，是一个能够坚守自我的人。可惜，她错了。

谁也想不到，一个八十万禁军教头，武艺高强，长相骇人，却不仅没胆量，还没见识。

《水浒传》中，林冲一出场，大家就认定他是个好汉，大部分其实是因为鲁智深。他们一见投缘，立即结为兄弟，且是林冲主动提出来的。这让读者产生了一种错觉，这林冲也跟鲁智深一般，是个铁打的汉子，一味豪爽，专爱结交绿林好汉。其实不然，林冲真正的朋友并不是鲁智深，而是陆谦陆虞候[8]。

我们所认为的林冲，不过是作者想要我们所认为的林冲罢了。《水浒传》的作者一向如此，将好汉的阴暗与愚笨写在暗处。

陆谦与林冲相交多年，是无话不谈的好兄弟，可他这位兄弟实在不是什么良善之辈。高衙内一干众人还没来得及威逼利诱，陆谦就倒戈了。他毫不犹豫地答应了高衙内的要求，决定凭借林冲对他的信任，骗林冲去街上喝酒，然后派人将林娘子诓骗到自己家里，任埋伏在那儿的高衙内欺凌。

林冲在识人方面的确不行。

林娘子那以善来揣度一切的性格，也没有看出这陆谦是个白眼狼。丈夫临行时，她还劝他**“少饮早归”**[9]。她怎么也想象不到，等待她的是又一个陷阱。

幸运的是，这一次又得逃脱。不过经此波折，想必林娘子内心已经害怕到极点了吧。此时，她必然更加倚仗她的丈夫，却似乎并没发现，这一次林冲的怯懦和卑鄙暴露得更加彻底。

林冲见说，吃了一惊，也不顾女使锦儿，三步做一步，跑到

陆虞候家。抢到胡梯上，却关着楼门。只听得娘子叫道："清平世界，如何把我良人妻子关在这里！"又听得高衙内道："娘子，可怜见救俺！便是铁石人，也告的回转！"林冲立在胡梯上，叫道："大嫂开门！"那妇人听的是丈夫声音，只顾来开门。高衙内吃了一惊，斡开了楼窗，跳墙走了。林冲上的楼上，寻不见高衙内，问娘子道："不曾被这厮点污了？"娘子道："不曾。"林冲把陆虞候家打得粉碎，将娘子下楼。[10]

《水浒传》行文，将好汉的阴暗与卑怯写在暗处，于这一段体现得最为明显。

自己的妻子被人关在屋子里欺辱，若站在门外的是鲁智深、武松、李逵这等莽撞汉子，他们会怎么做？一脚踢开门，杀他娘的去。而林冲呢？他竟站在胡梯上听里面说话，最后大声喊他的娘子给他开门……

如若林娘子可以从容地给他开门，那还哪来身处险境一说？还需要他救助吗？如若林娘子没机会出来开门，那这一声喊用处何在？而且，以林冲的本事，他打不开那道门吗？难不成因为本身的修养，不想随意破坏东西？可片刻之后，他就砸了陆虞候的家。

真相很简单，林冲那一声喊，不是喊给自己娘子听的，而是喊给高衙内听的，他希望高衙内快跑。

林冲为何会如此？他没有胆量面对高衙内，尤其没有胆量面对一个正在欺负自己妻子的高衙内，以他的性格，实在不知道自己强闯进屋后该怎么做。打高衙内一顿吗？想法是有的，可是以后工作怎么办？再说他也没这个胆量。直接放他走？以后自己脸面往哪里搁？又该如何去面对自己的妻子？

林冲没能力解决这个问题，于是他又一次选择了最为无能的那种方式，让高衙内自己走。两个人不见面，自然就不存在困境了。但两个人不见面，也便无法彻底解决问题。

果然，高衙内听到林冲的喊声后，逃掉了。

而林冲此时最为关心的是什么呢？不是妻子是否被吓坏了，而是：**“不曾被这厮玷污了？”**他在意的从来不是妻子的内心困扰，而只是他自己的利益而已。在意自己的前途，所以不敢面对高衙内；在意自己的面子，所以才这般问妻子。

当得知什么事情都没发生后，林冲来了神威，恶狠狠地砸了陆虞候的家。这就是林冲，从没有直面现实的胆气，只有在困境消失之后，他才敢于发泄与反抗，其内心已经怯懦到不可救药的地步了。

此时，林冲的懦弱已经一点点显现出来了，他跟他娘子对待此事的态度是完全不一样的。这林冲，不仅不敢对外反抗，甚至都没有能力坚守自我。林娘子宁愿牺牲自己的生命，也不去做有违内心的事。林冲，似乎做不到，只是林娘子一直没有发现这一点罢了。

这不能全怪林娘子太过愚笨，林冲一直掩饰得太好。他接下来的行为就是证明。

世间有这样一条规律，越是怯懦的人，越是喜欢展示勇猛。这就像很多人，在领导面前唯唯诺诺，一旦遇到下属，却突然强横起来，仿佛成了不可一世的霸王。这林冲也一样，为了展示自己的愤怒，他还拿了刀，到处去找陆虞候，想要杀了他。他要告诉世人，我林冲可不是好惹的，惹了我，我就要杀了你。

但是，以林冲的见识，难道他不知道问题的根本所在吗？难道他不知道真正的幕后主使是高衙内吗？

其实，这一切他都知道，但他没有胆量去直面高衙内，即使对方欺负了他的妻子，他依然没胆量去面对对方。他所能做的，只是恐吓高衙内的狗腿子——一群他确定在权势上奈何不了他的人。

林冲如此做，一方面，震慑给高衙内办事的人；另一方面，向高衙内展示自己的力量，他最希望的是高衙内自己退却。

说到底，林冲不过是一个没胆量、没本事的怯懦者罢了，他算什么好汉！

然而，林冲这般做法，足够骗到别人了，足够让人以为他是勇猛而又可靠的了，尤其是在意林冲安危的林娘子。

这就是林冲，表面是个强者，也可以唬到很多人，但其实卑怯而又愚昧。

林冲的愚昧就在于，他总是用错误的方法去应对眼前的困境，其本质是因为内心的卑怯决定了他不敢面对问题，所以他只能挑最弱者下手。他下手的目的，不是从最弱到最强一个一个打倒，而是企图用对付最弱者来体现自己的凶狠，从而期望那最强的自行退却。我们都知道，这注定无用。

林冲的愚笨，引发的后果就是，他让陆虞候没了退路，却也让“陆虞候们”看清了他的本质，知道他一定不敢将高衙内怎么样，于是“陆虞候们”只剩下一个选择了，就是继续撺掇高衙内陷害林冲。

林冲的怯懦，让他和妻子一直身处险境。

很快，林冲就因为自己的愚笨，再一次落入了敌人的陷阱，这次陷得很深，他在里面挣扎，最后落得个遍体鳞伤。他失了职位，进了牢笼，没了自由，还差点儿丢了性命……林冲的本性也彻底暴露了出来。

因为被高俅陷害，林冲被发配了。在发配路上，林冲提出要休妻。

“娘子在家，小人心去不稳，诚恐高衙内威逼这头亲事；况兼青春年少，休为林冲误了前程。却是林冲自行主张，非他人逼迫。小人今日就高邻在此，明白立纸休书，任从改嫁，并无争执。如此，林冲去的心稳，免得高衙内陷害。”[11]

好一个卑鄙的林冲，将自己择得干干净净。

有那不晓事的，没读出作者暗含的意思，以为这林冲有担当，怕耽误了妻子的后半生，因此情愿放弃。其实不然，林冲是在推卸责任。

关于休妻，他给出的理由有两个：一是心里放不下，怕高衙内再来纠缠林娘子；二是怕耽误了妻子的青春，解除婚约后可以还妻子以自由。

单看这第二条，林冲可称得上“伟大”，爱一个人就要给她幸福，不能给她时，就放手。可再看第一条，就完全不是那么回事了，这林冲实在不堪。

林冲跟自己的妻子解除婚约之后，高衙内就不会再来纠缠林娘子了吗？不仅会，而且更甚。林娘子得自由之后，高衙内更有理由来纠缠了，林娘子回绝的借口都少了一个，且是最为有力的那一个。

事实上，林冲此举的目的是让高衙内以后不再来纠缠自己。**“如此，林冲去得心稳，免得高衙内陷害。”**林冲此句话中，“陷害”的主体没有明说，不过稍一分析就可知道，是免得再陷害他“林冲”本身。至于林娘子，他已经不想管了。

林冲的丈人张提辖不晓事，没听出这话外音，还以为这女婿依然靠得住。其实，林冲已经准备好牺牲妻子、保全自己了。

高衙内看中的是女人的美貌，只不过这美貌的人恰巧是林冲的妻子而已。如果她不再是林冲的妻子，这件事也就与林冲无关了，剩下的就是林娘子独自斗那高衙内……至于斗不斗得过，至于林娘子要受多少折磨，林冲不想再管了，哪怕那个女人一贯以他为生命的全部。

至此，林冲的本性展露无遗，他跟自己的娘子从来都不是一路人。在林娘子心中，生命可贵，平安可喜，但与清白比起来，这些都不算什么。所以她宁可自杀，也不背叛自己的丈夫。其实，她宁死也不去背叛的是她心中的价值观，是做一个清白人的渴求与欲望。

但林冲不是，他随时可以出卖别人，也随时可以出卖自己的良心。林冲对于做一个好人，似乎并没有太大的兴趣。当岁月安好的时候，林冲是个好人，一旦环境改变，他随时都会为了活下去而变“坏”。

说到底，林娘子心中坚守的那一份道德和清白，林冲并不认同。

林冲其实一直是这样一个人，为了自己的前程，他可以随时出卖别人。

就在几天后，押送林冲的两个公人想完成高俅交代的任务——在野猪林“结果”了林冲，可事与愿违，鲁智深半路杀出，林冲得以活命。那两个公人想要探听鲁智深的底细，回去后将责任推到鲁智深身上。

鲁智深虽一向以粗犷示人，但从来粗中有细，他直接揭穿了二人的险恶用心。当时，林冲可是就在旁边看着的，他不可能不知道这其中的利害。

然而，苦苦护送林冲一路的鲁智深刚走，林冲就把他出卖了。

“这个直得甚么；相国寺一株柳树，连根也拔将起来。”[12]毫不犹豫地泄了鲁智深的底。

林冲为什么这样做？怯懦与卑鄙。其根源，是不敢担责，一个不敢承担责任的男人，必定是胆小而又怯懦的。林冲所有的问题都在于，他不敢承担责任，这是他内心懦弱的根源。

出卖了鲁智深，两个公人回去也就有借口交差了，这样一来，他们憋着想要弄死林冲的心，便会淡了那么一点点，林冲也就安全了一点点。至于鲁智深因此会遭受什么，林冲才不会管，哪怕鲁智深刚刚救了他的性命，他也不会管。林冲一向只顾自己，他要的是自己活下去的权利，丢弃的是作为兄弟的责任。

多年以后，二人在梁山泊相见，鲁智深开口便是：**“洒家自与教头沧州别后，曾知阿嫂信息否？”**[13]有人以为这鲁智深虽为和尚，却只关心女人，实在不妥。其实不然，鲁智深一片佛心，向来只关心值得关心的人。对那不值得关心的，他才懒得去搭理。鲁智深此问，是在为那可怜的女人惋惜，也是对林冲的讽刺。这时候，鲁智深显然已经不想再认林冲这个兄弟了。全书中，鲁智深只是在第一次和第二次与林冲见面时称呼他为教头过，之后再见，都叫兄弟。而一别多年，老友重逢，鲁智深只呼教头，不叫兄弟，已表明了他的态度。而且，自此后鲁智深与林冲也再没有交流，之后的鲁智深一直同武松待在一起。对林冲这个曾经的兄弟，显然他已经放弃了。

林冲，实在“渣”得可以。

可这人渣，却极好面子。在休书上，他是这么写的：**“东京八十万禁军教头林冲为因身犯重罪……”**一个身陷囹圄的囚徒，依然放不下曾经的架子。而且，以如今的境况，在给妻子的休书上还写什么**“东京八十万禁军教头”**，真的合适吗？

然而，那可怜的林娘子却依然对林冲这男人抱有幻想，哭哭啼啼地前来送他。她不知道，自己已经被丈夫无情地抛弃了。

林冲实在可恶，他跟妻子说的是：**“万望娘子休等小人，有好头脑，自行招嫁，莫为林冲误了贤妻。”**[14]那好头脑是谁？除了高衙内哪还有第二个？

林冲希望他的妻子能够顺从高衙内，这样自己就不会再遭迫害了。

“夫妻本是同林鸟，大难临头各自飞。”只不过这林冲，飞得也太过决绝了。面对危险，他不仅没有提醒妻子一声，反而希望她挺身而出，好让自己逃脱。

又一次，林冲选择了自己生的权利，丢弃了本该承担起来的作为一个丈夫的责任。

而就是这样一个人，却占据着那可怜女人全部的爱。

林娘子最终抵不过高衙内的逼迫，自缢而死，可她到底是死于迫害，还是死于绝望呢？这又有谁知呢！

林娘子最大的悲剧是她本死于对爱的忠贞，但世人却多以为她死于对林冲的忠贞。她把一己性命进献给了爱情，但在大多数人的眼中，她是为了林冲而死的，这连她最后对爱情的献祭，也被林冲夺走了。

这个女人甚至都没有自己的名字，人们只知道她是林冲的娘子。

这一切的悲剧，在于林娘子不懂得识人。

识人最为简单，却也最为困难，尤其是身处爱情当中。

首先，要看对方是否愿意给予你时间。不愿意给予时间的，一定是不够在意你的。哪怕他整日海誓山盟，说得天花乱坠，一样无用。

这样的人现在在你身边，是因为他眼下没有更好的选择。你不是他生命中唯一的那个，只是他可选择的人里所能够得到的最好的那个。一旦有更好的出现，他可能走得很决绝。

然而，愿意给予时间的，也未必就是真正在意的，还要看他为什么给你时间。是真心需要，是内心怯懦，还是只因没有拒绝别人的习惯？敷衍的给予，比不给予强不了多少，反而会像林冲一样，多出一层蒙骗来。

最为可恶的是那些推卸责任的家伙。他们完全撇清了自己，将责任推到对方身上。明明不占理，却一副受了莫大委屈的模样，实在可恨！

这样的人给出的最为常见的借口就是："我不回来陪你，是为了这个家在外面奋斗……"

其实，这就是推卸责任。

而愿不愿意负责任，也正是判断一个人怎样的另一标准。

不敢于承担责任的人，大多是怯懦的。这是林冲最大的问题，他从不敢去承担责任，所以他一直在逃避。这样的人，眼里只有自己。

在爱情里，只享受权利而不负责任，与耍流氓何异？

林娘子没看透这一点，造就了她的悲剧，好在这世上还有真正聪明的女人，能认清自己，也能看清别人。她们所获得的幸福，是依靠其聪慧取得的结果。那么她是谁，她又是怎么做的呢？

识人者智，自知者明。我们认为的别人眼中的自己，跟别人眼中真实的我们是有差异的。对这个差异认识越深刻，就越容易获得幸福。

注释

［1］衙内，唐代时指称担任警卫的官员，五代和宋初这种职务多由大臣子弟担任，后来泛指官僚的子弟。后多用于老百姓对一些有着恶劣行为的高管子弟的称谓。

［2］八十万禁军枪棒教头，指负责教皇帝身边的亲兵也就是禁军的教头。这里指教授八十万禁军的众多教练其中的一个教练。

［3］提辖，宋代一路或一州所置的武官，为“提辖兵甲盗贼公事”的简称。主管本区军队训练，督捕盗贼等。

［4］引自《水浒传》（人民文学出版社）104页。

［5］引自《水浒传》（人民文学出版社）107页。

［6］引自《水浒传》（人民文学出版社）103页。

［7］引自《水浒传》（人民文学出版社）104页。

［8］虞侯，宋时官僚雇用的侍从。

［9］引自《水浒传》（人民文学出版社）105页。

［10］引自《水浒传》（人民文学出版社）106页。

［11］引自《水浒传》（人民文学出版社）113页。

［12］引自《水浒传》（人民文学出版社）124页。

［13］引自《水浒传》（人民文学出版社）772页。

［14］引自《水浒传》（人民文学出版社）114页。

至此后，世间有了传奇

> 你敢于放弃别人觉得好，但自己不觉得好的东西，这才是人生大智慧。
> ——期待的那个人

许多年以后，即使美丽如她，也会变成一个容颜衰败的老人。那时，回忆起自己的一生，她应该非常满足吧！什么都经历过，想要的也拥有了。

那一刻，她会感谢谁呢？

怕是她会稽首上苍，感念于它的垂怜与仁慈。但作为旁观者的我们，却知道，其实这幸福，并非上天所赐予，而是源自她自身的特质。

有一种女人，不管走到哪里，身处何种境地，她都可以得到幸福。

李师师就是其中之一。

她成功的秘诀不在于漂亮，而在于见识。

一个人最大的成功，就在于知道自己想要什么，并可以找到实现它的途径。其实，太多人一生庸庸碌碌，不是真的没本事，而是始终找不到适合自己的路。因为没有一个明确的方向，所以空有一身本领无处施展，于是，哀怨、感叹，甚至愤恨、不平。

这些都于事无补，反而会增加个人的戾气。

因无方向感而产生的迷茫，几乎是每个人都会遇到的问题。

但李师师没有这个问题，她的目标一直很明确，她也确实得到了。

青春懵懂、豆蔻年少时，她得到了爱情；真正步入社会后，她获得了权势；经历风雨，历尽波折后，她找到了婚姻。

她始终明白，选就要选那真正想要的，而不是能让别人羡慕的。

很多人搞不懂这二者的区别，一味去追求别人认为好的，结果到头来，发现并不适合自己，或自己并不喜欢，可又因为费了好大劲才走到如今这个地步，又舍不得放弃，只能忍着泪把日子过下去。

我们要一样东西，一定要出于自己喜欢，而不是为了让别人羡慕。我们要的幸福，一定是自己感觉到幸福，而不是别人觉得我们很幸福。

评价与羡慕，从来都是别人的，生活却是我们自己的。

李师师自然是让人羡慕的，因为她总是能够在正确的时间，做出正确的选择。

青春，代表勃勃的生机，它是一种力量，同时也是一种财富。恼人的是，这财富是只出不进的。它会随着时间一点点减少，不管用什么办法，都无法挽回。于是，这份财富便有了唯一性。错过，就不会再来。

聪明的人，可以第一时间利用好它。

李师师就利用得很好，如花的年纪，她找到了爱情。那个男人是个多情的种子，也是个多才的墨客。他叫周邦彦，是著名的词人。

人们在挖苦一个书生的时候，常用“穷酸”二字。穷是因为书生不得志，时常生活不如意，酸是因为书生多给人不易相处、不易理解的印象。书生之所以不易理解，在于他们常活在自己的精神世界里。

飘在云端的人，总让人感觉怪怪的。有人把这份怪形容为“矫情”，但我们必须承认，即使是真的“矫情”，应用到爱情中，也会增添幸福与浪漫感。

爱情本就是飘在云端的，越虚幻，越脱离现实，爱情给人带来的愉悦就越强。才子的这种“酸”，是爱情最好的增强剂。

因此，人们才乐于歌颂才子的爱情。

周邦彦就是这样一个才子，更重要的是，他似乎并不穷。

与词人恋爱，自然满是风花雪月，这是脱离现实生活的。那些为生活所迫的人，会嘲笑这些人不懂得人生，太过幼稚。但任谁都无法否认，这份幼稚，可以让爱情来得更为浓烈。

年少的李师师，不需要面对那么强烈的生活压力。她的年纪，决定了她可以承受这份幼稚。

在稚嫩的时光里，寻找最为缥缈的爱情，不仅没有错，反而是对那段年华最大的珍惜。

在这一点上，李师师做到了。

然而，人们总会长大，必然要去面对现实。当有了现实压力之后，那缥缈的爱情就会给人带来痛苦。很多人在现实与梦想之间摇摆，不知道该怎么去选择了。

这时候，很多人会将问题归结到爱情身上，觉得是虚幻的爱，给人带来的烦恼。其实不是，烦恼的真正根源，在于身处其中的人，不懂得转换身份。

每个年龄有每个年龄的特点，每个年龄有每个年龄的天然责任。

懵懂时，就要大胆去爱，走向成熟后，便要坚定地去面对生活。

从某种意义上讲，爱情，尤其是毫无杂质掺杂的纯粹爱情，注定是年轻人的游戏。不再年轻时，就要从游戏中走出来了。

李师师走出来了。

当她发现自己必须要去面对生活压力的时候，她选择了为自己寻找依靠。不过，李师师真正聪明的地方在于，她寻找到了依靠，但并没有迷失自我。她依然是独立的。

那个时代，女人是没有多少选择权的，她们的命运往往掌握在男人的手中，那个男人可以是她的父亲、丈夫，甚至儿子。

在这样的环境下，一个女人想要最大限度地拥有权力，唯一的方式就是跟权力中心也就是皇帝，建立联系。这未必是许多女人的梦想，但绝对是许多家庭的梦想。让自家的女儿嫁入皇室，简直是祖坟冒青烟了。

李师师没有嫁入皇室，但她用另一种方式跟皇帝产生了联系。这联系更为隐秘，却也对一个女人更为有利，尤其是一个很明确自己想要什么的女人。

李师师成了皇帝的秘密情人。

她没有做皇帝的妻子，却拿走了皇帝的爱情。

或许有人不能理解这种选择，觉得女人还是有个名分保险点儿。但是对于一个渴望自由的人来说，其实这样无名无分才更好。名分代表了权力和地位，却也需要付出被皇室规矩禁锢的代价。

还有一点就是，那权力与地位看起来耀眼，对李师师来说，其实无用。

真正需要那权力的，是贾元春这类人，背后有一个日渐衰败的家族需要她去支撑。于李师师这种不见家族记载的，那权力其实毫无用处。

对于没有家族需要荫庇的李师师来说，即使有了名分又如何？她仅需要身边人听命于她的权力就够了。而这些，她早已得到。

其实，还是那句话，“嫁给皇帝是女人最荣耀的归宿”，向来都是家族的愿望，而不是个人的愿望。古时候绝大多数女人觉得这也是自己的愿望，其实不过是成长过程中被家族利益“绑架”了，被成功洗脑而已。

李师师是不会被这种观念“绑架”的，更不会被洗脑，她很清楚自己想要什么。

这就是李师师见识非凡的地方。她最大限度地拿到了权力，但又保证了自由之身。她是皇帝的女人，自然没人敢去惹她，反而有诸多人去巴结她。同时，她还可以去追求自己真正想要的生活。

李师师的清醒就在于，她没有迷惑于别人的羡慕中。

不知自己真正想要什么的人，常会迷惑于别人的羡慕中。明明在做自己不喜欢的事，明明在过自己不喜欢的生活，可当有人觉得她们的生活也有一些可取之处并表示羡慕的时候，她们便又突然觉得这选择其实也不错，然后继续隐忍着过下去。结果，那一瞬间的感觉过后，又是长时间的迷茫与空虚。于是，就这样一直忍耐，一直迷茫，一直痛苦……周而复始。等到真正觉得不可忍受想要彻底逃离时，却又发现已经浪费掉了太多的机会。于是，便陷入一种新的痛苦……

李师师的头脑始终是清醒的。她敢于放弃别人觉得好，但自己不觉得好的东西。这需要极大的勇气，也需要一定的智慧。

逆别人的意思而行，本身就是一种挑战，哪怕是在选择我们自己的生活。这世上太多的人，即使自己过得一塌糊涂，也喜欢去指责别人的人生，仿佛他比你更知道你需要什么似的。如果你拂逆了他的“好意”，他还会给你舆论压力。这种人很讨厌，这种人也很多。

选择之后，就是去实现了。这时候，就该智慧上场了。

李师师从来不乏智慧。

她要面对的另一个问题是，当自己步入下一个人生阶段，需要寻找一段依靠的时候，她要去找谁？

她知道自己跟皇帝是不能长久的，她也不想要那份长久。皇帝给她的荣耀并不是她所必需的，跟随皇帝所要忍受的禁锢却是她无法接受的。

因此，她注定要逃离，她必然要去寻找一个属于自己的、美好的归宿。

如果放弃皇帝，那么该找一个什么样的男人共同生活，又怎么才能搞定这个男人呢？

这需要识人的智慧，也需要搞定人的智慧。

最终，李师师选择了燕青。

那么，这个选择到底是成功还是失败呢？这就需要从燕青身上寻找答案了。

不管是交朋友还是找恋人，第一条都要看人品。

最能体现人品的，无非以下几种情境：身处人生谷底时会怎么做，面对诱惑时会如何去选择，被人误解时会做出何种表现。

燕青是苦过的，自小就苦。他从小是孤儿，长大了是奴仆。可以说，梁山一干众人，鱼龙混杂，但出身低过燕青的几乎没有。

带他走出困苦的是他的主人卢俊义，将他再次带入困境的也是卢俊义。

这卢俊义一表人才，浑身本事，但脑子不大灵光，轻易就上了吴用的当，被困在了梁山。

结果就出事了。卢家的管家李固和卢俊义的妻子做了一路，将整个卢家霸占了。

但凡做了坏事的家伙，往往最痛恨两种人：一种是被他们所坑害的，之所以恨那被他们害了的人，在于担心对方报复；另一种就是不肯与他们同流合污的。对这后一种人的恨，一方面在于那人的坚持，反衬出他们的丑恶，所以要消灭掉；另一方面在于这人掌握了自己丑恶的证据，因此更要消灭掉。

燕青是后一种。他不肯同流合污去做坏事，李固自然要坑害他。李固将燕青赶出了卢家，还昭告世人，如果有人敢收留燕青就是跟他李固作对。由此，燕青彻底陷入了困境，由一个孤儿沦为一个乞儿，开始讨饭为生。

但其实，以燕青的本事是不需要讨饭的，他只要去李固势力触及不到的地方，凭借自己的本事绝对可以过上好的生活。但他没有离开，而是选择了隐忍，他是在为卢俊义忍。燕青知道，卢俊义一定会回来，李固也一定会陷害卢俊义。因此，燕青要留下来，留下来帮助卢俊义。

这是燕青的忠心处，也是体现他人品的地方。

然而，那卢俊义太不堪。当燕青忍饥挨饿，终于等到卢俊义归来，将实情告诉他之后，他竟不信，反而将燕青打骂了一通。

卢俊义一脚踢倒燕青，大踏步便入城来。[1]

此时的燕青必然是极度委屈的，好心被当成了驴肝肺，任谁也不会舒服。燕青此时离开，怕是没有人会说他不讲义气，他能做的已经做了，那卢俊义自己作死，老天也帮不了他。但燕青并没有走，而是躲在暗处，继续帮助自己的主人——那个冤屈他的草包。

果然不出燕青所料，在李固的“帮助”下，卢俊义坐了牢，最终被刺配。可那李固依然不想放过卢俊义，他买通了押送公人，央他们在半路结果了卢俊义。

事有凑巧，押送卢俊义的正是当初押送林冲的那两个家伙——董超和薛霸。其结果也跟押送林冲差不多，两人没费多大力气就将一身本事的“大英雄”捆在了树上，而这卢俊义的表现，也确如林冲一般：“泪如雨下，低头受死。”[2]

不同的是，上一次林冲劝住了鲁智深，两个公人最后活了命。这一次燕青却没打招呼，直接结果了二人。

不同的人，相似的剧情，相似的结果。李固对应了陆虞候与高俅，卢俊义对应着林冲，而燕青则像极了鲁智深。草包与草包之间总能找到共同点，而英雄与英雄也总是极为相像的。

为了忠义不惜自己受苦、受冤，这样的人品，哪里去找?

体现燕青品性的，还不止于此。

多年以后，燕青跟卢俊义在梁山站稳了脚跟，梁山绿林也发展壮大了。这时候黑社会想要转型了，于是制定策略，走李师师的门路，邀宋徽宗前来招安。

负责联络的人，是燕青。

李师师对燕青是有过一番考验的。她邀燕青弹奏一曲，观赏燕青身上的花绣……

李师师是想跟燕青成就一段好事的。见了李师师这等人物，难说燕青不动心，但他确实没有任何行动，而是认了李师师做干姐姐。原因无他，皆因身负重任。

有的人思维太过开阔，于这一段联想到燕青不喜欢女人，而喜欢男人。这实在是无稽之谈，将一个人负责任的行为强扣上一个极度自私的黑帽子，内心太过阴暗了。

然而这种阴暗的人还不少，梁山就有，且在燕青身边。

那一次，跟燕青同去的是宋江的心腹小弟戴宗。燕青心底坦荡，回去后将李师师有意于己的事情直说了。

戴宗道："如此最好！只恐兄弟心猿意马，拴缚不定。"燕青道："大丈夫处世，若为酒色而忘其本，此与禽兽何异？燕青但有此心，死于万剑之下！"戴宗笑道："你我都是好汉，何必说誓！"燕青道："如何不说誓，兄长必然生疑！"戴宗道："你当速去，善觑方便，早干了事便回，休教我久等。宿太尉的书，也等你来下。"[3]

显然，这戴宗是不信任燕青的，燕青自然也看出了这点，所以才有那赌咒发誓一事。这也是燕青忍住了的另一个原因，背后有人监视。

小人的存在，不仅证明人性的卑鄙，更衬托出真汉子的伟大。

男子汉大丈夫，一诺千金！燕青身上背负着梁山一干兄弟的命运，他自然不敢在此时谈情说爱。这背后是一种深深的责任感，这是戴宗这种人所理解不了的。

有责任感的男人，多半错不了，那种不敢担负责任的，如林冲，则常常不牢靠。

这就是燕青，一个有情有义又有担当的汉子。他吃得了苦，忍得了冤，又受得了诱惑。这样的人，自然可信。

看人，第一看人品，第二看头脑……

这方面，燕青也不差。与他形成鲜明对比的，还是那整天跟他在一起的，他的主人，卢俊义。

仔细说来，吴用虽顶着"智多星"的名头，但其实在《水浒传》中并没有显现出太多的智慧。他的诸多锦囊妙计，反倒常常让人觉得其实一般，有的甚至堪称粗鄙。在骗卢俊义这件事上，也是如此。吴用假扮成一个算命先生，说卢俊义有血光之灾，需要出门避祸，而且指明了避祸的方向。

不管是李固，还是卢俊义的妻子，都觉得这话不靠谱，只是卢俊义这傻瓜偏偏听信了，这才让吴用的计策得逞。

吴用行骗的时候，燕青是不在家的。燕青回来听说后，一语中的：

“主人在上，须听小乙愚见。这一条路去山东泰安州，正打从梁山泊边过。近年泊内是宋江一伙强人在那里打家劫舍，官兵捕盗，近他不得。主人要去烧香，等太平了去。休信夜来那个算命的胡讲。倒敢是梁山泊歹人，假装做阴阳人来煽惑，要赚主人那里落草。小乙可惜夜来不在家里，若在家时，三言两句，盘倒那先生，到敢有场好笑。”[4]

燕青不仅猜出了其中有诈，而且猜到了是梁山上的人干的，更重要的是，从他的话语中可以听出，他似乎片刻间就想好了拆穿吴用的办法，只不过吴用这人运气比较好，没碰到他罢了，否则恐怕吴用当场就有血光之灾了。这样看来，二人孰高孰低，一目了然。一个计谋轻易就被人识破的军师，实在不称职。而不在场依然能够看破吴用计策的燕青，比吴用不知高了多少。

最终，卢俊义因为自己的愚笨，落得家道败落，自己也身陷囹圄。亏得燕青杀了董超、薛霸，才救了卢俊义一命。

结果，事不凑巧，逃走的路上遇到了官兵，卢俊义又被抓走了。这时候燕青的第一反应就是去梁山求救。他第一时间就找到了问题所在，寻到了解决问题的最佳渠道。这份见识，是卢俊义等人所不能比的。

燕青最让人佩服的一点还不止这些，而是具有大格局的眼光。他有大智慧，能够从全局看待问题，且看得极准。

说吴用不够聪明不是随便说说，这是有根据的。梁山上一直想要接受招安，可是苦于没有门路。其间，他们想了很多办法，其中之一就是义释高俅，这一点是很多人都不愿意的。但吴用和宋江顶着压力，还是那么做了，他们想通过高俅的门路，让皇帝知道自己的诉求。

然而，宋江和吴用对高俅百般呵护，甚至屈尊巴结，但完全无用。高俅走了之后，就没消息了，反而在皇帝那里说了梁山的坏话。

这一下，一切回到了原点。梁山的招安之路，走向了死胡同。这时候，是燕青提出去走李师师的门路，也是他亲自去办的，结果通过李师师见到了宋徽宗，接着燕青又去走了宿太尉[5]的门路。最后皇帝与宿太尉上下合意，才让梁山顺利招安。可以说，虽然梁山上是宋江和吴用一直在叫嚷着要招安，但其实真正将这件事做成的并不是这两人，而是燕青。

招安之后，梁山兄弟的心情定然各自不同。宋江、吴用、卢俊义这帮人，怕是在梦想着升官发财，名留后世吧；而鲁智深、武松这等自由惯了、对当时朝廷彻底失望的人，怕是内心会极度不爽。而燕青却比这两类人高了整整一个层次，从他最后的选择可以看出，燕青早就知道，招安并不是一条好路，只不过碍于兄弟情面，不得不那么做而已。

整个梁山一干人等，结局最好的无外乎那么几个，早早就离去的公孙胜，跟一干兄弟去干事的李俊，独自归隐的燕青，还有在凯旋途中坐化的鲁智深。

公孙胜离开是因为生性散漫，他没跟兄弟生死与共就走了；李俊离开是受了后来结拜兄弟的指点；鲁智深坐化是命运使然；只有燕青一人，是从最开始就看透了局面，自行选择离开的，这是燕青智慧的一面。

当兄弟要出门打仗，随时面临生死的时候，燕青没有走，而是选择留下来跟着他们一道去冒险。仗打完了，受功领赏的时候，燕青却独自一人默默离开了，这是燕青义气的一面。

如此有智又有义的汉子，实在让人难以不喜欢。

从这种种事迹中，也可见燕青的见识。愚以为称他为梁山第一人，怕也不为过吧。可讽刺的是，燕青在梁山只排在天罡末尾，第三十六位。

现在再来说女人择偶的第三个标准，是才华与情趣。一个男人，有人品，有智慧，但没有才华与情趣，那生活也多半枯燥无趣。

《水浒传》中，燕青出场，施耐庵先生是颇给了一番赞颂的：

不则一身好花绣，那人更兼吹的、弹的、唱的、舞的，拆白道字，顶真续麻，无有不能，无有不会。亦是说的诸路乡谈，省的诸行百艺的市语。[6]

可以说，这燕青确是一个文武全才。

于文，吹拉弹唱无所不通；于武，尤其擅长摔跤。要知道，块头不大的燕青可是打败过擎天柱任原的。

关于燕青的弹唱功夫，《水浒传》里也有体现，他曾跟李师师合奏，也曾为宋徽宗唱曲，并得到了宋徽宗的认可与赞许。要知道，李师师和宋徽宗可都是见过大场面的，对于曲艺都是个中行家。燕青能得到他们的认可，并不容易。

这是燕青的才华。

有才华、有智慧的人，未必就会让人觉得舒服，他还要有情趣才可以。这一点，燕青同样擅长。

但是李师师说些街市俊俏的话，皆是柴进回答，燕青立在边头，和哄取笑。[7]

梁山一干人等，能应对这种场面的，也就是柴进和燕青了，宋江那等粗人，是入不得李师师的眼的。

同时也体现出了燕青的好口才。一个人再优秀，不会说话，与其共处一室，一样觉得枯燥。

而燕青不是，他的口齿极为伶俐。

李妈妈道："小哥高姓？"燕青答道："老娘忘了，小人是张乙儿的儿子，张闲的便是，从小在外，今日方归。"原来世上姓张、姓李、姓王的最多，那虔婆思量了半晌，又是灯下，认人不仔细，猛然省起，叫道："你不是太平桥下小张闲么？你那里去了，许多时不来？"燕青道："小人一向不在家，不得来相望。如今服侍个山东客人，有的是家私，说不能尽。他是个燕南、河北第一个有名财主，今来此间做些买卖。一者就赏元宵，二者来京师省亲，三者就将货物在此做买卖，四者要求见娘子一面。怎敢说来宅上出入，只求同席一饮，称心满意。不是小闲卖弄，那人实有千百两金银，欲送与宅上。"那虔婆是个好利之人，爱的是金资，听的燕青这一席话，便动其心，忙叫李师师出来，与燕青厮见。[8]

燕青的机智、口齿伶俐，于这段体现得最为明显。这样的一个人，与其在一起，想要无趣怕也难。

燕青最大的优势就是知人性、懂人心，他知道别人要什么，也知道怎么去投其所好。

像燕青这样的人很多，但并不是每一个都能给他所爱的人以幸福。知人性、懂人心的人会哄人开心，却也会骗人。这就需要有一个好的人品去支撑，燕青恰恰有这样的人品。

由此可见，李师师选择了燕青，确实是明智的。

《水浒传》是公认的“反女性”的书，施耐庵老先生也确实没有如大家的意，没让这互有好感的一对璧人成为神仙眷侣。在书中，燕青与李师师“忽悠”完宋徽宗之后，就再也没有见面。

然而，不管是名著也好，大众书籍也罢，都有两面性：一面是作者眼中的故事，另一面是读者眼中的故事。在作者眼中，这一对璧人最终擦肩而过，但在读者心中，他们早已结合在了一起。这是人们对美好的祝愿，也是人们对爱情的尊重。

不管是现代改编的电视剧，还是千百年来的民间传说，燕青和李师师早已经在一起了，他们彼此爱慕，生活幸福。这就是爱情的力量。

这力量的背后，是李师师个人的智慧和见识在支撑的。同样是《水浒传》，同样是彼此有意，潘金莲和西门庆、潘巧云和裴如海、阎婆惜和张文远，可是从来都没有接受过任何祝福的。

差别就在于身处其中的人。

这是李师师的成功之处，也是李师师的魅力所在。

即使是在传说中，聪明的女人一样能得到幸福。

聪明的女人有两种，一种看得透事，另一种看得透人。前者干练，后者通达。干练者常事业有成，通达者多幸福美满。不同的是，干练者未必通达，通达者往往一样干练。

注释

［1］引自《水浒传》（人民文学出版社）821页。

［2］引自《水浒传》（人民文学出版社）828页。

［3］引自《水浒传》（人民文学出版社）1049页。

［4］引自《水浒传》（人民文学出版社）809页。

［5］太尉是三公之一，正二品，比宰相、枢密使要低一级。

［6］引自《水浒传》（人民文学出版社）808页。

［7］引自《水浒传》（人民文学出版社）947页。

［8］引自《水浒传》（人民文学出版社）942页。

美人也怕公主病

> 人与人从来都极为相似，却也从来都截然不同。
> ——期待的那个人

有一千个观众，就有一千个哈姆雷特。有一千个人，就有一千种人生。

人与人从来都极为相似，却也从来都截然不同。

莫泊桑先生在他的小说《项链》里，写了一个“心比天高，命比纸薄”的女人——玛格丽特。在介绍她的身世时，莫泊桑说：**“世上的漂亮动人的女人，每每像是由于命运的差错似的，出生在一个小职员的家庭。”**

其实，在《水浒传》里，也有一个相似的女人——阎婆惜。

她们的容貌、出身、性格，都极为相似。但人生的结局迥然不同。《项链》中的玛格丽特虽最终也没能过上自己梦想中的生活，但也依靠自己的双手还清了债务。而《水浒传》中的阎婆惜，却身首异处，成了刀下亡魂。

于她们来说，或许都会觉得命运是不公的吧。只是一个于不公之中，得见了些许的光亮，一个则彻底走向了黑暗。

也许，阎婆惜直到临死的那一刻，也不明白，命运为何会如此对她。但命运若也能如人一般会思考，怕是会给出另一个答案吧！

“我曾为你敞开心扉，但你亲手将它关闭。怎生如今又来怪我？”

的确，阎婆惜有其不幸处，但若说她的不幸完全是命运使然，确实不尽公允。

阎婆惜本可以不死的，但她的诸多不当行为，生生将自己送到了利刃之下。

喝下孟婆汤之前，回首在阳世的一生，阎婆惜会恨谁呢？宋江自然排在第一位，除此之外，她可能还会恨她的母亲吧。虽然，外人看来，她母亲对她确实不错。

有人可能会觉得这份恨极为无理，我却以为，从阎婆惜的角度看，这恨其实也未必就全无理由。

阎婆确实对这女儿极好，但那好似乎并没有给女儿带来什么真正的益处，反而让阎婆惜陷入了痛苦。

归根结底，这母女二人身上有一个共同点，只知自己的感受，却看不到别人的所需所求。

从表面上看，阎婆硬要将女儿嫁给宋江，是要给女儿找一个好归宿。但从阎婆的言行来看，她真正的目的，其实是给自己找一个好归宿。阎婆把女儿嫁给宋江，说是报答宋江的资助之恩，其实是在捆绑他，她在意的根本不是宋江的人品与恩情，而是宋江的钱财。女儿于她来说，更像是一个工具。有了女儿，就可以绑住宋江，绑住了宋江，就有花不完的金银。

其实，这么说也未必完全精当，阎婆对自己的女儿也是有疼爱的。

婆子道：“我儿，爷娘手里从小儿惯了你性儿，别人面上须使

不得。”[1]

若无疼爱，阎婆不会说出这样的话来，阎婆惜也不会是那般的性格。正是因为从小被宠惯了，阎婆惜做事才从不去考虑别人的感受。

但阎婆疼爱女儿，不等于就不会将女儿当成是一个工具。

归根结底，还在于阎婆从未将自己的女儿视为一个大写的“人”。

这就像有的人养宠物。他可能自己节衣缩食，却给宠物买最高档的食物；他可能自己的衣服都懒得洗，却坚持每天给宠物洗澡……他爱这宠物吗？自然爱。

阎婆惜，更像是阎婆养的一个宠物。阎婆帮女儿争取的，从来都是自己想要的。她似乎没想过，阎婆惜是否会喜欢她的安排。

阎婆娇宠阎婆惜，却也会干涉她、控制她……阎婆会给阎婆惜自己所能给的一切，但前提是阎婆惜要听从安排。

二人的这种利益模式，于阎婆，自己这种心态怕是不自知的；于阎婆惜，估计也并未发现自己的处境。但《水浒传》的作者通过二人的行为，将之展示了出来。

阎婆的这种教育方式，决定了阎婆惜的性格。我喜欢的，我就要得到；我不喜欢的，我就要去鄙视。直来直往，是她的个性。这个性，于她来说，是一种直爽，但于别人来说，却显得并不礼貌。

阎婆惜像极了一个被娇宠惯了的“公主”，可是她并没有公主的出身与命运。

她爱幻想，她喜欢美好的事物，她向往纯粹而又浪漫的爱情。但这一切，她其实负担不起。因为她的头上有两座大山，贫穷的家境与干涉她命运的母亲。

嫁给宋江，阎婆惜肯定是不愿的。这跟她的需求不符，更跟她的梦想不符。在她眼里，自己是一个“公主”，所配良人也得是高大、帅气而又浪漫的白马王子。宋江这种“黑山羊式”的家伙，怎么入得了她的眼？

但，阎婆惜没有能力摆平自己的母亲。从母女二人之间的对话以及彼此对待对方的态度，可以看出，阎婆惜是有脾气的，也常会对母亲发脾气，但她从来都摆脱不了母亲的掌控。母亲真正想要让她去做的事，她并没能力反抗。

于是，阎婆惜顺从了，她正式跟了宋江。

新生活开始后，阎婆惜应该是想过要听从于命运的。

阎婆惜自想道：“你不来采我，指望老娘一似闲常时来陪你话，相伴你耍笑，我如今却不要！”[2]

却说宋江坐在杌子上，只指望那婆娘似比先时，先来偎倚陪话，胡乱又将就几时。[3]

可见，与宋江刚刚结合的时候，阎婆惜是对宋江好过的。这一点阎婆惜承认，宋江也承认。那时，怕是阎婆惜已经决定要认命了吧。自己既然注定要跟这个“黑家伙”过一辈子，那就过一辈子吧。而且，阎婆惜似乎也努力在让生活变得精彩，以期往浪漫的方向发展。即使这人不如自己的意，但日子总要过得红火、有情趣，才不至于辜负了青春年华。

可宋江实在不适合阎婆惜。

初时宋江夜夜与婆惜一处歇卧，向后渐渐来得慢了。却是为何？原来宋江是个好汉，只爱学使枪棒，于女色上不十分要紧。这阎婆惜水也似后生，况兼十八九岁，正在妙龄之际，因此宋江不中那婆娘意。[4]

作者介绍得很笼统，但结合上下文，却也可以猜个八九不离十。

初时，阎婆惜确实是对宋江好过的，宋江也接受了她的好。不过，可以想象得出，阎婆惜要的定然不是自己单方面付出的“好”，一定是希望宋江也能如她那般，对自己好。或者说，阎婆惜应该是想让宋江变得浪漫些的，但宋江这等粗鲁汉子，自然不会，也不愿、不屑去做那阎婆惜希望他去做的那种男人。于是，宋江感受到了阎婆惜“对自己的好”里所带有的压力，逐渐就“来得慢了”。阎婆惜见改变宋江无望，而自己又无法接受一个半点儿情趣也无的男人，心下自然也就懈怠了。

于是，二人各不满意，自然疏远。这不是宋江的错，也不应是阎婆惜的错，完全是那阎婆乱点鸳鸯谱，将两个本不合适的人强行安放在了一起。

阎婆惜终于发现，现实是自己所不能忍受的，妥协无望之后，自然就是失望。于阎婆惜这种“公主病”性格的人，是不会从自身去找原因的，而这失望的情绪又需要有一个人去负责，那么她定然会将之归罪到宋江身上。

此时，阎婆惜内心怕已经开始怪罪宋江了吧。

不过，她似乎有时也会感念宋江的好吧，因为宋江带来了他的同事——张文远，一个绝对合阎婆惜胃口的男人。而这男人，对阎婆惜竟然也有意。

一个久旷的干柴，一个闲置的烈火，二人直接就做了一路了。

这一段时间，阎婆惜应该是极幸福的，宋江给了她许多钱财，因此没了生存上的困扰，张文远给了她爱情和浪漫，也便没了内心的寂寞与空虚。

一个生活和情感都得到满足的女人，是没理由不幸福的。何况，她还正处在热恋当中。

然而，激情总会慢慢退去，理智必然归来。按普通人的做法，自然是内心有愧的。因宋江算是她的恩人，她却背叛了宋江。可阎婆惜不会这样，她的性格决定了她只在乎自己的感受，从来不会顾及别人的想法。她永远不会想自己是否做错了什么，她只会想有谁阻挡了自己追求幸福的路了。这阎婆惜的“公主病”，已经深入骨髓了。

阎婆惜觉得对宋江没有丝毫的愧疚，反而怨宋江挡了她和张文远的路。

这是阎婆惜性格上的缺陷，却也是她悲剧的根源。

她太过自我了，自我到没有任何的道德观念，甚至也没了是非观念。在她心里，怕是会以为自己很勇敢吧，敢于冲破世俗，追求纯粹的爱情。

阎婆惜确实是执迷于爱情的。《水浒传》向来是反女性的，因此常给女性赋予道德上的过错，对阎婆惜也是如此。作者行文当中，充满了对阎婆惜的鄙视与谴责，完全将她塑造成了一个薄情寡义的女人。

听得娘叫道：“你的心爱的三郎在这里。”那婆娘只道是张三郎，慌忙起来，把手掠一掠云髻，口里喃喃的骂道：“这短命，等得我苦也！老娘先打两个耳刮子着。”飞也似跑下楼来，就槅子眼里张时，堂前玻璃灯却明亮，照见是宋江，那婆娘复翻身再上楼去了，依前倒在床上。阎婆听得女儿脚步下楼来了，又听得再上楼去了。婆子又叫道：“我儿，你的三郎在这里，怎地倒走了去？”那婆惜在床上应道：“这屋里不远，他不会来！他又不瞎，如何自不

上来，直等我来迎接他。没了当絮絮聒聒地！”[5]

婆惜道：“好呀！我只道吊桶落在井里，原来也有井落在吊桶里。我正要和张三两个做夫妻，单单只多你这厮，今日也撞在我手里。原来你和梁山泊强贼通同往来，送一百两金子与你。且不要慌，老娘慢慢地消遣你！”[6]

这两段对阎婆惜的描写，活脱脱地把她写成一个忘恩负义的“淫妇”嘴脸。我们之所以如此认为，是基于宋江的视角，是基于传统道德的视角。而想要真正了解阎婆惜，就要从她的视角来切入。

阎婆惜对宋江的寡义，恰恰证明了她对张文远的痴情。以宋江视角来看，阎婆惜与张文远二人的关系是奸情；但在阎婆惜心里，他们之间的关系是一种忠贞的爱情。她想要这爱情开花、结果，所以一直在思索如何长久地跟张文远在一起。

这也是阎婆惜为何那般讨厌宋江的原因，宋江的存在让她的爱情变得不那么顺利与完美了。

从中我们也可以看出阎婆惜的是非观：我喜欢的就是正确的、善良的，哪怕所有人都觉得他不是良人；我不喜欢的就是错误的、邪恶的，哪怕你曾经帮助过我。

所以，她没有任何理由去恨宋江，但她就是去恨了，而且恨得很决绝。

宋江的所作所为，在道义上可谓绝对对得起她。宋江帮阎婆惜葬了老爹，又是在阎婆惜老娘的极力撮合下才将她迎进门的。阎婆惜和宋江在一起，这中间确实受到了一定程度的逼迫，但逼迫她的是她的亲娘，而不是宋江。当她出轨后，宋江没有找她麻烦，而是不再上门，任她自由自在。

可以说，虽然通读《水浒传》之后，会认为这宋江不算什么大智大仁之人。但对于阎婆惜，尤其是在二人闹翻之前，宋江做得可以说是仁至义尽的。

但阎婆惜依然恨他。其实，她或许真正恨的不是宋江，而是恨宋江曾拿走了她的爱情吧！虽然那并不是宋江主动的意愿。

阎婆惜最大的问题在于，她不是真正的“公主”，她没有权力去决定别人的命运，因此也便没人去包容她的无理。如果她生在富贵人家，自然一切能够如己所愿，但可惜她只是一个普通人家的女儿，家境甚至可称得上穷苦。

“没有公主的命，却得了公主的病”。

阎婆惜是有追求的，她追求浪漫的爱情，虽然那爱情是建立在伤害宋江的基础之上的。

她开始为自己的未来做打算了。

就在这时，宋江一时的疏忽，让阎婆惜觉得自己的机会来了。

由于大意，宋江将自己的文件袋落在了阎婆惜那里。文件袋里有晁盖写给宋江的信，那时候晁盖已经是梁山的匪徒了。官吏勾结土匪，那可是死罪。

此时，阎婆惜的性格问题暴露无遗。她觉得抓住了宋江的把柄，自己终于可以摆脱这个“障碍物”了，她跟宋江提了三个条件。

第一，跟宋江解除婚约，并让宋江保证以后不来纠缠自己；

第二，宋江送给她的房子、首饰等不得讨回，要悉数送给她；

第三，晁盖信中提到的一百根金条，要归她阎婆惜所有。

完全没了恩情，有的只是敲诈。

阎婆惜，确实眼里只有自己，全无他人，哪怕是曾经的恩人、曾经的枕边人。她太过自我了，自我到不去掩饰自己的喜好，也完全不掩饰自己的厌恶。

在她看来，这是应该的，但在别人眼里，这样的行为并不受欢迎。阎婆惜始终认为，自己喜欢的就要去追求，对方接收到自己所表达的喜欢后就要给予热烈的回应；她也觉得自己厌恶就要去鄙视，对方就应该坦然接受。

她从未想过，别人也有需求，也需要被理解……这些，在阎婆惜眼里都看不到，因为它们是别人的，阎婆惜只在乎自己的。

正因此，她才跟宋江提了他无法承受的条件。阎婆惜是不管宋江是否能够承受的，她只知道自己需要这些东西。对她来说，知道自己需要什么就足够了，因为她天然地认为，自己需要的，别人就必须要给。

这是阎婆惜悲剧的根源所在。

实际上，宋江并没有接受晁盖赠送的一百根金条，自然无法给阎婆惜。他答应会变卖家产，但阎婆惜不答应。阎婆惜很着急，她立时就想得到金条；宋江也很着急，他想马上拿回文件袋。

两个时间紧迫的人无法达成共识的时候，冲突是不可避免的。于是，宋江来抢了。

结果宋江没抢到文件袋，却抢到了刀。

人在急红了眼的时候，往往是无法全面思考的。宋江那时所有的注意力都在文件袋上，应该没想过用刀杀人，但阎婆惜一声喊，“黑三郎杀人也”[7]，提醒了宋江，结果宋江就将她杀了。

如果阎婆惜能够换位思考，懂得从别人的角度思考问题，那么她是不应该喊这一声的。

宋江在本地人脉很广，名气也大，还是衙门的人。对于这种人来说，杀个人是死不了的，但与匪徒勾结，却是死罪。两害相权，宋江必然会选择杀人。

可是，如果懂得从别人的角度思考，那就不是阎婆惜了。所以，可以说，是阎婆惜“提醒”宋江杀死了自己。

果然，拿回了文件袋之后，宋江的紧张感全没了，他是不在乎一条人命的，因为他有能力摆平。

但从此，阎婆惜再无机会了。

于这阎婆惜，实在不好下一个结论。说她因爱情而死，有理；说她因贪婪而死，却也说得通；说她死于自己的愚蠢，怕也有人会同意。

但根源，还在于她的性格。她太过于自我了，没有权力去支撑的自我，是不牢靠的。阎婆惜就死于这不牢靠。

人还是要现实些、通融些，不要总想着自己，也要想想别人。在想要从别人那里得到的时候，也要想想可以给予对方什么。如果一味索取，丝毫都不给予，早晚是要出问题的。

一个貌美如花的年轻女人，追求幸福、浪漫的爱情，错了吗？自然没有错！但在自己无力负担的情况下，强行要求本不必负责任的人来帮自己负担，就有错了。

阎婆惜，错就错在没有认清这一点。

当向对方强势要求的时候，一定要确定，自己是否有足够的分量，可以促使对方向自己妥协。如果没有这个能力，受到伤害的必然是自己。

女人想要做“公主”是没错的，但前提是找到可以无限容忍自己的“王子”。如果眼前的不是那“王子”，最好还是收敛些。或者可以像《项链》中的玛格丽特那般，用双手去创造出另一种平淡来。不切实际地索取，蛮不讲理地要求，从来不会得到真正想要的，只会让自己陷入困境。

对一些人来说，承认他人的存在是一种修养；对一些人来说，承认他人的存在却是一种痛苦。但不管如何，他人总是切实存在的，对于这份存在，要去尊重而不要去驱使。驱使的结果必然是伤害自己。

注释

［1］引自《水浒传》（人民文学出版社）265页。

［2］引自《水浒传》（人民文学出版社）266页。

［3］引自《水浒传》（人民文学出版社）268页。

［4］引自《水浒传》（人民文学出版社）261页。

［5］引自《水浒传》（人民文学出版社）263页。

［6］引自《水浒传》（人民文学出版社）271页。

卿本佳人，奈何做贼

> 人世间的夫妻，并不都是般配的，总会或多或少有遗憾！
> ——期待的那个人

如果没有输掉那场战争，她老年时候应该是母慈子孝、儿孙满堂吧！那时，她或许会经常给自己的孙辈讲述自己当年的英勇事迹。

但这世上少有如果，她也便无法拥有一个安稳而又快乐的老年生活，而是早早就丢了性命。

不过，或许她也会感谢上天能早些带走自己吧，这样就可以在九泉之下跟自己的父母、亲人团圆了，而不是继续挨那无趣的生活。

我们相信，扈三娘的生活确然是无趣的。

从有趣到无趣的转折点，是那场战争——梁山三打祝家庄。

在那场战争之前，扈三娘是快乐而又耀眼的。虽然书中没有介绍，但可以想见，扈三娘的童年必然相较同龄女孩更为幸福。她的出身很好，父亲是扈家庄的庄主，家财雄厚，算是富甲一方的土豪。这种大户人家的小姐，必然是衣食无忧的。

扈三娘的家人也必然很宠爱她。从她武艺高强这一点可以看出，扈老太公对自己这个女儿应该是比较纵容的，否则在那个年代，一个大户人家的小姐怎么可能去舞枪弄棒？习武的多半是孙二娘之流，出身底层的穷苦人家的孩子。那个年代，上层人家的小姐，要学习的是琴棋书画、礼仪举止……而扈三娘竟然习得一身好武艺，必然是她的老父亲对她要求没那么严格，于传统习俗上看得淡些。有这样一个父亲，扈三娘所受的约束，自然也没那么多。

不仅父母爱她，她还有一个疼她、怜她、在意她的哥哥。扈三娘的哥哥叫扈成，杜兴介绍扈成时说：**"西边有个扈家庄，庄主扈太公，有个儿子唤作飞天虎扈成，也十分了得。"**[1]但纵观《水浒传》，这扈成的表现可谓草包至极。他并没什么正经的战绩，反而早早投降了梁山，后来还背叛了祝家庄、扈家庄和李家庄之前订立的攻守盟约。他绑了祝彪，准备去献给宋江，结果李逵不但杀了祝彪，也杀了扈家庄一众老小。后来扈成无奈，独自一人走掉了。

从始至终，扈成似乎与他那骇人的外号"飞天虎"实在不相匹配。但仔细阅读，就会发现，这扈成的转变，正是从妹妹扈三娘被捉开始的。

扈成来到中军帐前，再拜恳告道："小妹一时粗卤，年幼不省人事，误犯威颜。今者被擒，望乞将军宽恕。奈缘小妹原许祝家庄上，前者不合奋一时之勇，陷于缧绁。如蒙将军饶放，但用之物，当依命拜奉。"[2]

扈成本身未必就有大本事，但绝不至于那般草包，这一切不过是因为自己的妹妹被宋江捉了去。所谓投鼠忌器，不得不低头而已。他怎么也想不到，梁山上的"好汉"竟然全无义气，本来说得好好的，自己配合他们攻打祝家庄，他们届时放了扈三娘，结果一个李逵，杀了扈成全家。

为了自己的妹妹，全然不顾家族名声，又出卖了盟友。恐那祝家兄弟，怕是会极度瞧不起扈成。但如果从扈三娘的角度去看，却是另有一番情境，为了救自己，可以说，哥哥几乎付出了一切。有兄长如此，此生何憾?

种种迹象表明，扈三娘在家中必然是众星环绕的太阳，大家都是宠着她、爱着她的。

那时候，扈三娘不仅有宠爱自己的家人，还有一个优秀的未婚夫婿。

石秀在壁缝里张时，看见前面摆着二十对缨枪，后面四五个人骑战马，都弯弓插箭。又有三五对青白哨马，中间拥着一个年少的壮士，坐在一匹雪白马上，全副披挂了弓箭，手执一条银枪。石秀自认得他，特地问老人道："过去相公是谁？"那老人道："这官人正是祝朝奉第三子，唤作祝彪，定着西村扈家庄一丈青为妻。弟兄三个，只有他第一了得。"[3]

一个是女中豪杰，一个是男中丈夫，且两家世代交好，二人又青梅竹马，门也当，户也对，怎么看，都是一对佳偶。按常理揣度，这一对年轻人在一起，生活必然幸福美满。

然而，不幸的是，战争来了，梁山要攻打祝家庄了。这一切都被破坏了。

其实，从道理上讲，梁山攻打祝家庄是理亏的，他们并不拥有正义。

宋江劝说晁盖出兵打祝家庄时，给出的理由是：

"一是与山寨报仇，不折了锐气；二乃免此小辈，被他耻辱；三则得许多粮食，以供山寨之用；四者就请李应上山入伙。"[4]

这第一点是完全站不住脚的。所谓的报仇，不过是为了报杨雄、石秀、时迁被祝家庄修理的仇。那么这仇因何而起呢？是因为时迁住店的时候偷了人家的鸡，然后又不愿赔，反而将人打了，还把人家的店给烧了……最终被祝家庄的人活捉了去。

你的兄弟偷了人家的东西不赔，反而打人、烧店，倒有理了吗？这显然是无稽之谈。于这一点，晁盖也是不认同的，所以他听了石秀和杨雄的讲述之后，要将两个推出去砍了。因为于“好汉”来说，这事做得实在太过丢人现眼了。

这一条，完全就是强词夺理，摆明了一副强盗做派。

第二条是祝家庄羞辱了梁山。所谓羞辱，是指时迁打着梁山的旗号去偷抢，对方竟然反抗了，实在是没把梁山放在眼里。因此，必须攻打他们，打到他们一旦听闻“梁山”二字，就吓得屁滚尿流。这一条，同样无耻。

这样看来，梁山上住着的实在是一干伪君子，全没点儿“替天行道”的心。其实也不能这样说，以上两条不过是梁山给自己找的借口罢了。**“非是我等要去寻他，那厮倒来吹毛求疵，因而正好乘势去拿那厮。”**[5]“正好乘势去”才是真的。

那么，梁山为什么要去打祝家庄呢？宋江的第三条才是真正的答案：**“得许多粮食，以供山寨之用。”**他们是为了抢粮。

在普通人眼里，梁山上的千万军士，是千万个战斗力极强的勇士，但在宋江、晁盖等山寨领导者眼里，这是千万张嘴，是需要喂饱的。喂不饱他们，他们不仅不会帮宋江、晁盖打别人，反而会将宋江、晁盖吃了。

有一群小弟要养，自身又没有足够的钱粮，怎么办？只有抢。即使没发生时迁的事，梁山也是早晚要打祝家庄的。时迁被捉不过是给梁山一个提早动手的借口罢了。只是这借口，实在是有些牵强，牵强到让人感觉无耻。

至于第四条，完全就是“搂草打兔子”，属于额外之喜了。而且，我怀疑，宋江想要弄李应入伙，怕也不是看中了李应的本事，而是看中了李应的家财。有了李应的这笔钱，梁山自然又可以多挨些时日了。事实上，李应自从上了梁山后，虽然地位不低，但的确没受到什么重用。

由此可见，梁山打祝家庄，其实毫无正义可言，不过是一起打家劫舍罢了。

强盗不可怕，可怕的是强盗竟然有文化。

吴用使了一个计谋，赢得了战争的胜利。结果是，扈三娘被捉上梁山；扈家庄除了扈成之外，悉数被杀，甚至扈成自己也遁走了；扈三娘的未婚夫祝彪，也被李逵砍了头。

至此，扈三娘在这世上孑然一身。

原本一个人见人羡的富家小姐，如今成了孤家寡人了。她突然失去了所有，相应的之前对未来的一切憧憬也没了，甚至她连自身的所有权都没有了，她已经无法决定自己的命运了，仿佛突然之间成了无主的孤儿。

很快，宋江给扈三娘找了一个新归宿，他将扈三娘许配给了王英，梁山上最矬的一个。

宋江唤王矮虎来说道：“我当初在清风山时，许下你一头亲事，悬悬挂在心中，不曾完得此愿。今日我父亲有个女儿，招你为婿。”宋江自去请出宋太公来，引着一丈青扈三娘到筵前。宋江亲自与他陪话，说道：“我这兄弟王英，虽有武艺，不及贤妹。是我当初曾许下他一头亲事，一向未曾成得。今日贤妹你认义我父

亲了，众头领都是媒人，今朝是个良辰吉日，贤妹与王英结为夫妇。”一丈青见宋江义气深重，推却不得，两口儿只得拜谢了。晁盖等众人皆喜，都称贺宋公明真乃有德有义之士。当日尽皆筵宴，饮酒庆贺。[6]

看起来像是在做媒，但其实是在行赏。宋江的话不过是客套，相信扈三娘也不是看宋江义气才答应的，而是她知道，自己除了答应，没有其他选择了。她已经不属于自己了，此时的扈三娘，已经不是一个独立的个体了，更像是一件战利品，没有人再将她当一个人看待了。人人都称赞宋江仁义，却又有谁在意这骄傲的美人内心的想法呢。

至此，一娇贵佳人，正式为贼了。

让人可气的是，扈三娘在梁山的地位虽如战利品，却没有战利品那般的荣耀。奖品从来都是珍贵的，一向用来奖赏那优秀者。可这次宋江没有，宋江将这“珍品”赐予了一个最不成器的家伙。

梁山一干人等，虽自称好汉，但其实鱼龙混杂，里面很多不堪的家伙。梁山确实有鲁智深、武松这等硬朗汉子，也有燕青那般机智有谋的人中龙凤，余下的也不乏柴进这类出身高贵的富家子弟，与关胜那种将出名门的英勇战士……但同时，梁山也有那不成器的，如一味杀人的恶魔李逵，如稍经拷打就出卖了兄弟的白胜……只不过，那些真正的好汉名头太响，自身魅力太足，让人误以为跟他们厮混在一起的，也都是响当当的汉子罢了。其实，梁山上不堪的人也很多。

而私以为，王英是不堪中的不堪者。

王英出场时，书中介绍他说：

这个好汉祖贯两淮人氏，姓王名英。为他五短身材，江湖上

叫他做矮脚虎。原是车家出身，为因半路里见财起意，就势劫了客人，事发到官，越狱走了，上清风山，和燕顺占住此山，打家劫舍。[7]

他原本是押车的，类似于武侠小说中的镖师，今天的押运保安。结果，贼人没来劫财，他先起了歹心，将别人托付他押送的财物打劫走了。

这种人品，实在是让人不敢恭维。他哪里称得上是好汉，怕是无赖中也有羞于与他为伍的吧！不过是正好碰到了燕顺这种讲义气的，拉他入伙了。人们误以为他也跟其朋友一样，是个不错的汉子。但其实，他垃圾得很。

王英不仅毫无义气，而且好色成性。宋江路过清风山时，被当时占山为王的燕顺等人绑了。后来，燕顺知道自己绑的人是宋江，立马就把人给放了，并拜宋江为大哥，随后杀猪宰羊，请他吃饭。中间王英听说山下有轿子经过，猜测里面肯定是女人，立马来了精神。他撇下兄弟，拿起武器就下山了。

结果，便将那女人劫上了山。此时，他也顾不得去陪宋江他们喝酒了，直接将女人带回自己的房间，想要轻薄于她。

宋江知道了那女人是花荣同事的妻子，劝王英罢手，王英碍于宋江面子，极不情愿地放了那女人。

结果，那女人也不是什么良善之辈，宋江救了她，她却撺掇自己的丈夫抓了宋江。无奈宋江一干人等太过能打，这女人又被抓上了山。

此时，宋江等人，已然对这恩将仇报的女人恨到了骨子里。但王英全没这等概念，他想的依然是这女人的美貌，还是惦记着要将这女人娶来做压寨夫人。

燕顺虽没什么本事，但脾气还是有一些的，二话不说，直接杀了那女人。这时候，王英突然勇猛起来，要跟自己多年的兄弟火并，因为他杀了自己的“姘头”。若不是众人拉开，怕燕顺和王英要死一个吧！

这王英到底是个什么货色，由此可见一斑。

一个人人品不好，有致命的缺点，但如果有些本事，也不算一无是处。但这王英竟然连本事也没有。

梁山攻打祝家庄的时候，扈家庄的人来助战。扈三娘这个祝家的未来儿媳妇，自然要上阵杀敌。王英见扈三娘长得好看，便前去撩拨……

只见这王矮虎是个好色之徒，听得说是个女将，指望一合便捉得过来。当时喊了一声，骤马向前，挺手中枪便出迎敌一丈青。两军呐喊。那扈三娘拍马舞刀来战王矮虎。一个双刀的熟闲，一个单枪的出众，两个斗敌十数合之上，宋江在马上看时，见王矮虎枪法架隔不住。原来王矮虎初见一丈青，恨不得便捉过来，谁想斗过十合之上，看看的手颤脚麻，枪法便都乱了。不是两个性命相扑时，王矮虎却要做光起来。那一丈青是个乖觉的人，心中道：“这厮无理！”便将两把双刀，直上直下，砍将入来。这王矮虎如何敌得过，拨回马却待要走。被一丈青纵马赶上，把右手刀挂了，轻舒猿臂，将王矮虎提离雕鞍，活捉去了。众庄客齐上，把王矮虎横拖倒拽捉了去。[8]

没本事又爱惹事的人是最讨人嫌的，王英正是这种人。

然而，世事无常，偏偏将美人一丈青许配给了不成器的王英。于男人来说，这就是典型的“屌丝”抱得美人归，但又有谁想过那美人是否会在夜深人静之时，向隅而泣？

想想扈三娘最后的命运，不禁唏嘘：施耐庵先生，实在太过绝情了。

这一对夫妻的不匹配，是人人看在眼里的。

前些年，《水浒传》被拍成了电视剧，编剧也实在无法忍受扈三娘嫁给这样的一个王英，从而改编了情节，以期更为合理。

他们首先将祝彪改成了一个眼高手低、性格暴躁的粗鲁家伙，而且刻意强调祝家庄与扈家庄之间的貌合神离以及扈三娘对祝彪的厌恶……然后，强化了王英的武功，改成了是王英本事强过扈三娘，不过是故意输了而已。

这种改编不可谓不大，但即便如此改编，这一对看起来依然不匹配，可见王英与扈三娘的差距。

古人说："由俭入奢易，由奢入俭难。"生活从来都是如此，一个原本守着老丑男人的女人，突然嫁给了青春年少的英雄，怕是睡觉也会乐醒；一个许配给了少年英雄的女人，突然被迫嫁给了一个不成器的猥琐男人，内心恐怕一时无法接受吧！不是女人太过势利，而是人性如此。

上了梁山之后，扈三娘不再开口说话，应该就是其内心的真实写照了。一代佳人，从此为贼。

扈三娘是让人不自觉就会爱上的女人，男人希望女人有的优点，她几乎都有；女人会嫉妒的同性身上的优点，她也几乎都有。这样的一个人，现实生活中必然是人群中的焦点，走到哪里都众星环绕。但于文学作品中，怕是少有好的命运。男人现实中得不到这种女人，就会在自己的作品中给她安排不幸。女人讨厌这般有光华的女人，自然就乐见其在虚拟作品中遭遇不幸。

扈三娘成了文学作品中的牺牲品。

一代佳人，自入了贼窝，便再也出不来了。

人们一厢情愿地以为梁山上是铁板一块，兄弟平起平坐，无任何矛盾。但其实未必。我们很难想象卢俊义、关胜这等出身高贵的真豪杰会真心看得起王英与白胜之流，不过碍于面子不好表露罢了。同样，扈三娘守在那样一个男人身边，怕也难得有真正的开心吧！

或许，从内心讲，扈三娘的早夭，也是一种解脱。遗憾的是，那王英竟然也死在了她的身边。

上天对这女人，太也刻薄。

自古红颜多薄命。是因为她们有出色的条件，却没有掌控自己命运的权力。于是，出众反而成了她们受伤害的理由。好在如今时过境迁，人人都可以主宰自己的命运了。于此环境下，努力经营自己，只有益而无害。

注释

[1] 引自《水浒传》（人民文学出版社）628页。

[2] 引自《水浒传》（人民文学出版社）664页。

[3] 引自《水浒传》（人民文学出版社）638页。

[4] 引自《水浒传》（人民文学出版社）634页。

[5] 引自《水浒传》（人民文学出版社）634页。

[6] 引自《水浒传》（人民文学出版社）676页。

[7] 引自《水浒传》（人民文学出版社）422页。

[8] 引自《水浒传》（人民文学出版社）646页。

武大郎和西门庆之间隔着俗世

> 这世界不是我们一个人的，不可能完全按照我们喜欢的样子出现。
> ——期待的那个人

《列子·黄帝篇》中记载了一个故事。

宋国有个养猴的老人，因为家里穷，吃不上饭，便想控制猴子的饮食。他怕猴子不肯乖乖就范，就先骗猴子说：**“给你们橡树果，早上给三颗，晚上给四颗，可以吗？”**猴子听了十分恼怒。老人这时又说：**“那早上给你们四颗，晚上给你们三颗，这总够了吧？”**猴子听了非常高兴。

这就是成语“朝三暮四”的来历。

于这故事，我们常拿来嘲笑猴子蠢傻，不知“数”为何物，但在这故事中也隐约透露出一些信息，其实，顺序很重要。

按常理来讲，一个人如若先前做了很多坏事，但后来多行好事，那别人多半会给他好的评价，说他迷途知返，也乐于给他更多机会。但反过来，先做些好事，再去做坏事，那么别人还是会给予后者唾弃与谴责，觉得这家伙不牢靠，是信不得的坏人，更甚者会说，后者一副虚伪样，瞒骗了众人。这好似从没有人觉得一个坏人突然做了好事是欺骗，但一直觉得一个好人竟做了坏事是欺骗。

这是人性的有趣处，却也是人们出于自保而下意识养成的习惯，是对我们有利的。但其实，于那被我们评价的人，不甚公平。

那先干坏事后干好事的，所得评价会高些；那先干好事后干坏事的，我们给予的评价则会低些。哪怕那两个人干了同样的好事，也干了同样的坏事。于做人上，也是一样。

潘金莲就是后者，先是好人，后成了坏人，于是被永远地钉在了耻辱柱上。

说潘金莲原本不坏，自然是有根据的。

那清河县里有一个大户人家，有个使女，小名唤作潘金莲，年方二十余岁，颇有些颜色。因为那个大户要缠他，这女使只是去告主人婆，意下不肯依从。那个大户以此恨记于心，却倒赔些房奁，不要武大一文钱，白白地嫁与他。[1]

可见，初始时候，潘金莲不仅不是一个淫靡的女人，反而十分珍惜名节。否则，她完全可以从了那主人家，没必要跟从武大这种一无所长的角色。而且，一个奴婢敢跟主人家顶撞，也确实是需要些勇气与胆量的。潘金莲，支撑她这份勇气和胆量的，应该不仅有对名节的珍视，还有对理想的追求。因为有所追求，因此才不愿被人随意安排命运。那时候的潘金莲，当得起是一个有追求的女性。

然而，个人终究抵不过命运，奴婢也注定斗不过主人家。潘金莲的命运向来是攥在别人手里的。她的主人想必是个内心极度阴暗的家伙，我得不到的，就要亲手毁掉。于是，潘金莲被嫁给了武大郎。

这显然是不公的，不仅潘金莲会如此认为，甚至路人也是这般想。于是，那些好事的轻浮浪荡子弟，便总去滋扰潘金莲夫妇。这些人自是没安好心，完全是冲着潘金莲的美貌来的，但他们给出的骚扰事由，确实不好反驳，**“好一块羊肉，倒落在狗口里”**[2]。潘金莲与武大郎，实在不相匹配。

《水浒传》行文至此，就给潘金莲下了定论，说她**“为头的爱偷汉子”**[3]，其实是不准确的。此时的潘金莲，似乎并无不良举动，完全是作者出于反女性的心理，根据最后的结果给潘金莲安上的一顶帽子罢了。

事实上，从全文看下来，潘金莲对武大郎其实不错，对穷苦生活似乎也没什么太多的不满。当然，这里指的是遇见西门庆之前的那个潘金莲。

在武大郎家中，潘金莲是绝对的大掌柜。她经常呵斥武大郎，也经常吐槽武大郎。许多人因此觉得，潘金莲是无比嫌弃武大的，但其实，并非如此。潘金莲确实是家中的掌事人，也会经常呵斥得武大不敢吭一声，但她绝没有不将武大放在眼里。事实上，她很尊重武大郎，或者换个说法，武大郎想要去做的事，潘金莲哪怕不同意，也不会真正去阻拦。武大真正想要做的，通常都能做成。只不过，这些要深入了解《水浒传》本身，才能有这个深刻的理解。

武松出公差之前，曾嘱咐武大郎要晚出早归。听了叔叔这话，潘金莲是不高兴的。她之所以不高兴，并不是因为武大郎在家的时间长了，限制了她玩耍的自由，而是气武大郎太过听从于武松，而那时候，她跟武松已经翻了脸了。

但即便如此，在武大郎的坚持下，潘金莲依然妥协了。

那妇人也和他闹了几场，向后闹惯了，不以为事。自此，这妇人约莫到武大归时，先自去收了帘子，关上大门。武大见了，自心里也喜，寻思道：“恁地时却好。”[4]

可见，如果武大郎坚持，潘金莲是会给他面子的。而在剔除武松的影响下，潘金莲甚至很在意武大郎的意见。

王婆设计要潘金莲帮她做衣裳，待到饭口时候，自然要请潘金莲吃饭。武大郎知道后，对着潘金莲一番嘱咐。

武大道："呵呀！不要吃他的。我们也有央及他处。他便央你做得件把衣裳，你便自归来吃些点心，不值得搅恼他。你明日倘或再去做时，带了些钱在身边，也买些酒食与他回礼。常言道：远亲不如近邻。休要失了人情。他若是不肯要你还礼时，你便只是拿了家来做去还他。"那妇人听了，当晚无话。[5]

到第二天中午的时候，潘金莲果然依武大郎的话做了。

看看日中，那妇人取出一贯钱付与王婆说道："干娘，奴和你买杯酒吃。"王婆道："呵呀！那里有这个道理！老身央及娘子在这里做生活，如何颠倒教娘子坏钱？婆子的酒食，不到的吃伤了娘子。"那妇人道："却是拙夫分付奴来。若还干娘见外时，只是将了家去做还干娘。"[6]

可见，武大郎的意见潘金莲是听的，苦日子她也挨得过，也算不上是一个嫌贫爱富的人。只不过，她平日里对武大郎呵斥惯了，又因为后来做出那些偷奸害人的事来，人们自然给她冠以坏女人的名头，因此，看她怎么做也不顺眼罢了。

事实上，我们周围有很多这样的女人。她们嘴上不饶人，但其实内心中并没有多坏的想法。不管是生活中，还是艺术作品里，常能发现类似的角色。她们哭哭啼啼，一脸愤怒地去指责自己的丈夫无能，不能给自己提供富足的生活。她们说出的话，也极为伤人，让人感觉到一股来自内心深处的恶意，任谁见了都会觉得这是一个尖酸刻薄的坏女人。但哭完了，骂过了，她们便又重新拿起篮子去市场了，且会买那最便宜的菜，会跟那摊贩斤斤计较，为家里省下每一分钱。

她们真的势利吗？自然不是，只是内心有一股憧憬，有一种向上的愿望，但实现无望，因此憋出一腔怒气来，直突突地发泄了了事。

这类女性的性格有矛盾处，可这矛盾处却是她们的可赞处。她们内心有憧憬、有追求，但绝不会不切实际。在外人看来，这类女性遇到难处就会哭天抹泪，极力想要逃离，其实不是。她们确实会抱怨生活的苦，但绝不会逃避生活的苦，反而会直面那苦。只不过，她们胸中的闷气郁结于胸，累积到一定程度会时不时发泄一番，这就给人一种不安于现状的印象。

潘金莲便是如此。她因为不安于被凌辱，所以得罪了之前的主人家，从而被迫嫁给武大郎。这于她心中，自然是不愿意的，但她天性使然，使她不会逃离命运，只会安于现状。因此，知道自己反抗无望之后，却也与武大郎过得融洽。潘金莲这种人，向来都是识时务的，在有希望改变命运时，会尽全力抓住那希望；在无希望改变时，就安心过好眼前的生活。

这是她性格的可爱处，却也正是这性格让她坠入了人生黑暗的深渊。将她推入深渊的是西门庆，而打开那深渊之门的，是武松。但根源还在于潘金莲的性格：无望时善待眼前，有望时全力以赴。

第一次见到武松的时候，潘金莲就心动了。不过，这种心动应该也仅仅是一念情起而已，还没到动心的地步。此时，在她心里，武松还只是单纯的对于高大英俊男人的臆想罢了。这种感觉就像一个少女见到心中的男神或一个男孩见到自己梦想中的女神，幻想着发生点旖旎的故事罢了，但未必就真要去做什么。这是人之常情。

事实上，难说武松也没有过类似的想法，抛开作品本身不说，一个男人如果没了对于美好女性的一种渴望，那就很奇怪了。

书中描述潘金莲的长相、打扮的时候，是借用武松的眼：

眉似初春柳叶，常含着雨恨云愁；脸如三月桃花，暗藏着风情月意。纤腰袅娜，拘束的燕懒莺慵；檀口轻盈，勾引得蜂狂蝶乱。玉貌妖娆花解语，芳容窈窕玉生香。[7]

这是在看自己的嫂子吗？更像是看一个有魅力的女人吧！不过，这都是人之常情，算不上是污点。只是，武松是个响当当的汉子，控制住了自己，那一刻的邪念立马就消失了，随之而来的是“长嫂如母”的敬重。而潘金莲没有控制住自己，或说并没有要刻意去控制自己，因此她逐渐陷进去了，陷入了在现代人看来，是一段不该有的禁忌之恋中。其实在古代，小叔子在长兄亡故后，出于对孤儿寡母的考虑，娶了长嫂也是常有的事，算不得大过错。

潘金莲之所以没有控制住自己，是因为她看到了人生的另一种可能，也看到了爱情的另一种可能。这种可能是她梦寐以求的。面对希望，她重新来了“勇气”，决定要去追寻了。

但那追寻的路并不平坦。潘金莲和武松之间有一个避不开的障碍——武大郎。

一般来讲，潘金莲这种性格的人，情感会来得极为浓烈，也极为专注。当她们感觉到爱情已经来临的时候，眼里有的只是自己和自己的爱人，看不到任何其他。在这一点上，潘金莲跟阎婆惜倒是有些相似。两个人不同的是，阎婆惜对待每一样自己喜欢的东西都是眼里只有自己。而潘金莲自小命苦，长期给人家做奴婢，眼色还是有的，平日里为人处世，稍老练些。但于感情上，跟阎婆惜一样，有些自私。

如果武松和潘金莲想法一样，那么他们之间是没有什么真正的障碍的，武大郎不是宋江，他没能力去阻止。但武松毕竟不是张文远，他不可能去伤害自己的哥哥。

于是，矛盾就出现了。

潘金莲有情，但武松无意，这段感情注定不会有结果。

一般来讲，一个人尤其是一个男人，若没看中对方，不搭茬儿就好，实在躲不过，直接拒绝也就罢了。少有去羞辱、伤害对方的。但这一次，潘金莲却受到了伤害，武松拒绝了她，也羞辱了她。

武松劈手夺来，泼在地下，说道："嫂嫂休要恁地不识羞耻！"把手只一推，争些儿把那妇人推一跤。武松睁起眼来道："武二是个顶天立地噙齿戴发男子汉，不是那等败坏风俗没人伦的猪狗！嫂嫂休要这般不识廉耻，为此等的勾当。倘有些风吹草动，武二眼里认得是嫂嫂，拳头却不认得是嫂嫂。再来，休要恁地！"[8]

然后，武松搬出潘金莲和武大郎的家，去县衙住了。

武松如此决绝，一方面因为不懂女人，另一方面是因为武松跟潘金莲的特殊关系。

于武松来讲，他不仅要拒绝潘金莲对他的爱，还要阻止潘金莲对任何人的爱。因为潘金莲一旦萌生再次寻找真爱的想法，他的哥哥武大郎就会受到伤害。因此，武松很绝情，甚至可以说表现得有些狰狞。他以为，可以用这种方式让潘金莲知难而退，安守本分。

武松太不了解女人了，尤其不了解潘金莲这种女人。

潘金莲这种人，只有发现自己即使再努力也无法得到一样东西时，才会放弃，然后直面眼前。别人干扰她，让她们放弃，不但不会成功，反而会激起她们的反抗心理。

所以，为人婢女的时候，主家轻薄她，她不从，因为在她的见识里，是有人可以制约男主人的。她也确实那么做了，将实情告诉了女主人，且取得了效果。但被迫嫁给武大郎之后，她知道，自己怎么努力也改变不了命运了，所以才逐渐安于平淡。这种人很拧，是吓不退的，反而会视那企图吓退她的人或事如仇敌。

武松不了解这一点，而是用对付日常所碰到的泼皮的那种方法去对付潘金莲。必然会引发潘金莲的逆反心理。

这时候，潘金莲对武松的感情变得复杂起来，恨他的绝情和无礼，却又想得到他的爱，更重要的是，她似乎想要征服武松了。你不是不理睬我吗？我偏要打败你，夺来你的爱情！

所以，当武松因为要出去公干，来与哥哥道别时，潘金莲又一次误会，以为武松回心转意了。这时候，她还想着去征服武松。

潘金莲没想到的是，武松不是来跟她相好的，而是来劝武大郎提防她的。武松错在他是当着潘金莲的面嘱咐的武大郎，又是当着武大郎的面隐晦警告潘金莲的。莫说潘金莲这种性格里有自尊心的人，即使脾气再好的，也受不了这种羞辱。于是，潘金莲与武松间爆发了第二次矛盾，两个人彻底决裂了。

这武松实在不懂女人。他以为对付女人跟对付那些泼皮无赖一样，用拳头吓就可以了，实在幼稚。潘金莲不是孙二娘，江湖手段对她是无效的。

这时候，潘金莲的逆反心理起了变化。不再是你不喜欢我我偏要你喜欢了，而是你不要我去爱，我偏要去爱。你们不是都想要我守妇道，一心一意跟着这“三寸钉谷树皮”吗？我偏不！

潘金莲的心已经活了，她内心的爱被重新燃起。

但如果生活无事，一切平静，这活泛的求爱之心想必也会因时间的流逝而慢慢变淡吧！

可偏偏就出了事了。

西门庆来了。

他身后还站着王婆。

那时候，潘金莲比西门庆小几岁，都是二十多岁的年纪，可王婆已经年过半百了。

潘金莲从前做过丫鬟，应该会看些眼色的，但想必不够老到，否则也不会沦落到要嫁给武大郎。西门庆是破落户出身，近年暴发了一笔财富，整天跟他混在一起的是各路泼皮、商户与官衙老爷，干的就是狡猾无赖的勾当。王婆则是媒人、稳婆等最为市侩的身份集于一身。

不管是从年龄、阅历，还是从接触的社会层次上讲，潘金莲跟另外两个比都差得太多。何况，潘金莲在明，另两个在暗，他们又是处心积虑想要勾引潘金莲，恰巧这时潘金莲又活了心，哪有不得手的道理。

潘金莲上了钩了，与西门庆做了一路。

本就对自己的丈夫失望了，现今又有了如意郎君，潘金莲的心自然就不在武大郎这边了。不过，潘金莲毕竟不是阎婆惜。她虽然也爱得浓烈，爱得专注，但其实没那般邪恶。对待武大郎还是有些许愧疚之心的。不过也仅仅是些许愧疚而已，早已没了留恋和惦念了。

这时候，武大郎犯了一个致命的错误。他在郓哥的撺掇下，竟然想亲自去捉奸了。

其实，武大郎有更好的选择。等，等他的兄弟武二回来。他自己去，并不明智。

但武大郎好像被冲昏了头脑，竟然大踏步去了。

说他被冲昏了头脑，是因为他那天很不正常。

前一天武大郎跟郓哥约定好了，明日捉奸，一个引开王婆，一个去捉奸。第二天，武大与郓哥见面。

郓哥道：“早些个，你且去卖一遭了来。他七八分来了，你只在左近处伺候。”武大云飞也似去卖了一遭回来。[9]

“飞也去卖了一遭回来。”总给人一种兴奋的急迫感，而不是愤怒与伤心。

等到真正去捉奸的时候，武大的表现是这样的：

只见武大裸起衣裳，大踏步直抢入茶房里来。[10]

武大郎竟然卷起衣裳，不像常见的报仇做派，倒像是一个人要干一番大事业的样子。他大踏步往前走，而不是跑着去踹门，也不像报仇的样子，倒像是在展示自己的勇猛。总之，武大郎完全没有惩治人的架势，反倒像极了在炫耀。

或许，这武大郎终年被人欺负，不敢吭声。这一次总算自己有了道理了。内心想对方必然会因为做了坏事而心里发虚，任从自己耀武扬威吧！

完全一副得势了的怯懦者展示自己“勇猛”的架势。

武大郎的这种举动，给潘金莲出了一道公开的选择题。是选西门庆，还是选武大郎。

潘金莲自然是选西门庆的。她本就被武松伤害到了，也早已将那伤害转移到武大郎身上，她现在对武大郎是嫌弃的。而西门庆正是她热恋初期的情郎。

于是，潘金莲侧面提醒西门庆去打武大郎。

那妇人顶住着门，慌做一团，口里便说道：“闲常时只如鸟嘴，卖弄杀好拳棒，急上场时便没些用。见个纸虎，也吓一跤！”

那妇人这几句话，分明教西门庆来打武大，夺路了走。[11]

西门庆很快便反应了过来，重重踢了武大郎一脚，扬长而去了。

此时潘金莲的绝情已经暴露无遗了。她再不是那个肯跟武大郎安稳过日子的人了，她的心早已远离了武大，给了西门庆了。

如果潘金莲如此对待的是自己曾经的恋人，自然没有问题。但武大郎是她的丈夫，不管是从传统道德的约定，还是从一个妻子的义务上讲，此时的潘金莲，都是一个“坏女人”了。

但她似乎是不自知的，或者说她自身应该不是如此认为的。被爱蒙蔽了双眼的潘金莲，开始启用阎婆惜的思考模式了。

能给我幸福的，就是正义与善良的，阻挡我幸福的，就是邪恶与凶残的。前者她会发自内心去认同，后者她会由衷去憎恨。

但潘金莲毕竟不是阎婆惜，她没那般自我，也没那么凶狠。阎婆惜恨一个人是不需要理由的，只要她看对方不爽就足够了，哪怕对方曾帮助过她。但潘金莲不是，她是需要一个理由说服自己的。

潘金莲用来说服自己的理由，是武松之前对她的伤害。她怕是觉得委屈吧，我一个貌美如花的刚烈女人，嫁到你们武家，跟了这不成器的“三寸钉谷树皮”，结果你武松却那般羞辱我，你武大郎也全不站在我这边帮我说话，反而信你那兄弟。凭什么?

这理由未必要说服得了别人，只要说服自己就够了。

一个珍惜名节的刚烈女人，如今成了抛夫而去的淫荡女人了。

武大郎因为被西门庆重重踢了一脚，卧床不起，眼看就要不行了。这时候，他又犯了另一个致命的错误。武大郎一直看不清形势，本是一个懦弱的家伙，却总去硬装强横。

以他的处境，打感情牌，去央求潘金莲，潘金莲未必就会任他去死。但他偏偏一副厉害模样，用武松去威胁对方。于是，激起了对方的杀心。

结果，在王婆的指导下，潘金莲药死了武大郎。

这女人，彻底堕入了魔道。杀人之罪，是怎么也洗不脱的。

潘金莲的悲剧在于她没看出西门庆不是她渴求的理想，而是一个陷阱。她以为他们之间是爱情，但西门庆真正想要的其实只是欲望。她为了对方不惜抛夫、杀夫，但对方真正想的不过是新鲜感，过后就将她抛弃了。

情浓，是潘金莲的优点，却也葬送了她的生命。

武松回来了，他带走了潘金莲、西门庆和王婆，将他们送到了另一个世界。

希望在那个世界中，潘金莲不再为西门庆和王婆所骗！

没有自我的人，是空有躯壳的行尸走肉；太过自我的人，是不切实际的空想家。迷失自己，就会有别人来帮我们掌控命运；只顾自己，那被我们掌控的就会奋起反抗，从而伤害我们。要看到自己的需求，更要看到别人的需求。重视自己的意愿，也重视别人的意愿。

这世界不是我们一个人的，不可能完全按照我们喜欢的样子出现。我们也不是这世界的奴隶，完全没有反抗的能力。在这中间寻找一个平衡，生活才会更加美丽。

注释

［1］引自《水浒传》（人民文学出版社）301页。

［2］引自《水浒传》（人民文学出版社）301页。

［3］引自《水浒传》（人民文学出版社）301页。

［4］引自《水浒传》（人民文学出版社）312页。

［5］引自《水浒传》（人民文学出版社）322页。

［6］引自《水浒传》（人民文学出版社）322页。

［7］引自《水浒传》（人民文学出版社）302页。

［8］引自《水浒传》（人民文学出版社）307页。

［9］引自《水浒传》（人民文学出版社）332页。

［10］引自《水浒传》（人民文学出版社）333页。

［11］引自《水浒传》（人民文学出版社）333页。

好男人像婚姻里黑色的网

> 生活的不如意不是我们背叛初衷的理由。
> ——期待的那个人

常有人玩笑似的表示，施耐庵老先生似乎跟潘家有仇。因为《水浒传》中，两个“坏”女人，都姓潘。一个是潘金莲，另一个是潘巧云。

的确，《水浒传》中的反面女性角色不少，但细分下来，真正的“坏人”，却也不多。王婆算一个，但王婆的坏，有媒婆在人们眼中的固有认识在里面。我们的文学作品中，媒婆本就坏人居多。

那些年轻貌美的女性中，则以潘金莲和潘巧云最“坏”。阎婆惜也有毛病，但出于性格，她是“作”。阎婆惜的问题，跟潘金莲杀夫、潘巧云叛夫比起来，还是不一样的。

当然，即便如此，我们也不能下结论说施耐庵先生就跟潘家有仇。但《水浒传》中的两个潘姓女人，确实都值得研究一番。

说起来，潘巧云也算是个苦命的。她年纪轻轻就没了丈夫，成了寡居的女人。

不过命运并没有完全抛弃她，很快她就又组成了一个家庭，她嫁给了杨雄。

在大众眼中，杨雄是不错的。他有一个不坏的工作，也有一身尚可的本事，而且似乎是个懂得顾家的，也知道疼老婆。这杨雄还很讲义气，认了漂泊的石秀做兄弟，并让他住到自己家里。

但在潘巧云眼中，杨雄的表现似乎并不够好。

之所以如此，是在于二人的认知与需求差异。

杨雄要做的是一个世俗的好人，潘巧云要的，则是一个有情趣的丈夫。

这两者，差异很大。

世俗的好人，常常会按照社会的要求去照顾家庭，而不是按照家人的要求。于是，就产生了偏差。一个觉得自己给出了全部，一个觉得什么都没有得到。

潘巧云就是此类。

杨雄确实有个不错的工作，算得上体面，也有足够的收入。但潘巧云在意的其实并不是钱，当然，最准确的表达是，潘巧云的终极目的不是钱。

在杨雄眼中，自己能够拿钱回家就足够了，便完成了一个男人、一个丈夫的义务。于是，他的目标是拿更多的钱回家。

但潘巧云在意的是，我们有钱了之后，还要有点什么。在潘巧云眼里，钱财够用就可以了，接下来就该去享受生活了。她有着钱以外的追求，然而杨雄没有。

这时，矛盾就产生了。杨雄以为自己做到了最好，给了妻子最大的幸福，旁观者觉得这杨雄真是个好人，懂得为家庭付出。但在潘巧云眼里，丈夫是有些呆板与木讷的。他只知道去干事业，从来不管家庭。不是杨雄没有管过，而是方向不对。

在杨雄眼里，自己经常出差，是为了家在奋斗。在潘巧云眼里，杨雄一个月中有半个月不在家，就是冷落自己的表现。

因此，虽然杨雄一直在努力，虽然人人都觉得杨雄是个好人，但潘巧云并没有得到满足。因为杨雄走错了方向。

杨雄不仅在对家的态度上走错了方向，在对老婆的态度上，也是一样。

从《水浒传》中，我们可以看出，杨雄其实是挺在意潘巧云的，也算得上是一个听话的丈夫。杨雄信任潘巧云，也会努力去满足潘巧云的愿望，会听从她的意见。但这些，其实并不是潘巧云要的。

杨雄依然在做一个世俗的好丈夫，他注定能得到周围众人的认可，却无法让潘巧云满意。

杨雄对老婆的爱，本质是你说什么就是什么。在日常生活中，他是一个听话的机器，是一个清扫障碍的工具，而不是一个活生生的、有情趣的人。

生活中，确实有很多这样的人。他们善良、厚道、老实，你提出什么要求，他们都会去满足，但他就是无趣，跟他在一起的时候会觉得很枯燥。他们是好人，但他们真的不吸引人。

杨雄就是这样一个家伙。

潘巧云要的是生活的品质，这品质不仅有足够的钱财，更有精神上的互动与交流。而杨雄偏偏不懂这些，杨雄更像是一个机器。让他做事可以，让他给人带来快乐，他是不行的。

于是，便出现了偏差。

在别人眼里，潘巧云有一个优秀的丈夫，但潘巧云并不这样认为，她会觉得，自己守着一个榆木疙瘩。

这种情况下的潘巧云，一定是苦闷的。人人都以为她幸福，但其实她并不满意。而这不满意又是无法言说的。

想想看，如果潘巧云跟别人抱怨，说对丈夫不如意，旁观者会怎么说？肯定说她不知足，这么好的丈夫都不懂珍惜，实在是太过矫情了。

其实，不是潘巧云本身矫情，而是认知偏差决定的。这杨雄，是个标准的世俗好人。

在这一点上，连一向以精细著称的石秀，也是一样的看法。他觉得这“浪荡”的嫂子配不上自己的哥哥。其实，根本的问题在于，杨雄与石秀不懂女人。

石秀和杨雄完全是以男性视角在看待问题。他们不管面对谁，奉行的都是对待好兄弟的那一套。他们不知道，人与人的需求是有差异的。他们尤其不知道，男人和女人的需求差异更大。

这种认知差异，是潘巧云不幸福的深层原因。

她要的是一个懂情趣的情郎，而杨雄只能做一个好哥们儿。杨雄这类人，是典型的男人中的好男人，于女人来说，喜欢他的怕不多，尤其是对生活品质有追求的。

这也是很多人的通病。我们常见社会上很多被剩下的“好人”，于是，常为他们感叹，为什么这么一个好人总是单身。原因很简单，这种人只懂如何做朋友，不懂得该怎样做一个合格的伴侣。当我们将之当成朋友的时候，发现他各方面都极为妥帖。可是如果跟他做情侣后，就会了解到，其实这个人有一个致命的毛病，那就是无趣。真的很无趣。

于是，这类人就陷入了一个尴尬的境地，身边人为他抱不平，但跟他有过亲密接触的人又都会远离他。如果以一种暧昧身份与其接触，然后发现他并不是自己寻找的那个，从而远离后，就会招致品评，人们会觉得这个人太过挑剔了，这么好的人都看不上。

其实，就是角度差异造成的认知差异。

所以，潘巧云必然是苦闷的。

但其实，这份苦闷，是人生的常态，即使如今的社会中，身处此类苦闷中的人，也比比皆是，这些苦闷者，有女人也有男人。归根结底在于传统文化笼罩下的人们，并不懂得去表达爱与经营爱。一句话，太多的人不懂爱情。

在古代社会，此类情况尤其严重。没有爆发不是没有问题，而是人们选择了隐忍。

但潘巧云不想忍。

这完全没有问题。

问题出在潘巧云并没有相应的实力，或者说没有足够的智力。

聪明的人，在面对这种苦闷的时候，会去努力改变自己的另一半。他不懂情趣，就教他情趣。

潘巧云没有教，而是选择了背叛与逃离。

从她做出这一选择的那一刻起，她就注定要受到道德上的指责与批判。

潘巧云越轨的对象是裴如海，一个真正的“花和尚”。

其实，这裴如海并不是个好家伙，也不能算是好伴侣。裴如海不是那种可以厮守终生的人，他其实也没能力给人以爱情，他能给的，不过是赤裸裸的欲望。

此时的潘巧云，缺少的恰恰就是这欲望。

于是，一个干柴，一个烈火，两个人走到一起并不奇怪。

他们两个的结合，很顺利。完全不像西门庆之于潘金莲，要费上好大一番周折。

因为潘金莲本没有强烈要背叛的心，但潘巧云有。

从此，两个潘姓女子走上了同一条路。

这份相同中，也有诸多不同。

不同的是，两个女人的态度。潘金莲寻找的是爱情，潘巧云追求的则是欲望。潘金莲肯定梦想着离开武大，与那西门大官人厮守一生。但潘巧云不会，她绝对不会嫁给裴如海的。

与武大郎相比，西门庆再不济，也可以说是更适合做丈夫的。何况这西门老狐狸隐藏得很深。潘金莲必然会生出与他走完人生下半程的想法。但潘巧云不一样。

潘巧云很确定，裴如海是不适合做丈夫的，比杨雄还不适合。裴如海只是用来发泄生活的不如意的。

从某种程度上讲，潘巧云寻找的是一个理想的丈夫，体面、顾家、本分，又懂得情趣。她没有找到这样一个人。于是，将目标分化了。她在杨雄身上找到了体面、顾家与本分，在裴如海那里得到了情趣。

所以，潘巧云其实从没有想过要离开杨雄。她对杨雄没有厌弃，她只是觉得杨雄没那么完美。

潘巧云是有些贪婪的。她不愿承认人生的不完美。她始终都不明白一个道理，想要的东西越多，需要付出的代价就越大，身上背负的责任也会越重。

潘巧云不喜欢代价与责任，她只想要拥有与享受。

没有以责任为基础的拥有，必然会与道德戒律发生冲突。这份冲突，是极大的隐患。

但潘巧云几乎完美地解决了这份隐患。

可最终还是出了岔子——石秀。

石秀是一个精细人。他的这份精细来自他那天生的自卑与敏感。

石秀出身凄苦，从小看人眼色。这种环境下长大的人，是自卑的，也是懂人心的。他未必放得下人情，但绝对看得出、看得透人情。

所以，石秀发现了潘巧云和裴如海的关系。这石秀太敏感了，敏感到可以察觉一切细节。

于是，敏感的石秀将事情告诉了粗枝大叶的杨雄。

杨雄很生气，他开始恨潘巧云了，自己对她那般好，她竟然背叛自己。但很快，潘巧云就帮杨雄打消了这份恨意。

事情是这样的，杨雄醉酒回家后，骂了潘巧云，说要修理她。潘巧云马上就意识到，石秀将自己的事情告诉了杨雄。于是将计就计，嫁祸给石秀。第二天，杨雄酒醒之后，潘巧云主动告状，说石秀调戏了她。

杨雄相信了，将自己的把兄弟石秀驱逐出门。

这一段小插曲，暴露了杨雄身上一个极大的问题。他似乎没有分辨能力。石秀跟他说："哥哥，嫂嫂背叛了你。"杨雄马上就信了，然后恨起潘巧云来。潘巧云跟杨雄说："相公，那石秀调戏我。"杨雄马上就信了，然后赶走了把兄弟石秀。

这杨雄，完全没有主见与主意。这样的人，是老好人，会得到好的评价，但做伴侣，其实不合适。他太粗心了，如此粗心的人，必然感受不到生活的细节。一个对生活细节没有把握的人，是不可能有情趣的。

潘巧云以为，石秀走了，自己就可以高枕无忧了。她怎么也没想到，敏感的石秀是不会让这种事轻易过去的。

石秀用计策杀了裴如海，又再一次说服了杨雄，最终将潘巧云也杀了。

自此，一对夫妻各奔东西。杨雄去了梁山，潘巧云去了奈何桥。

潘巧云有错吗？自然。生活的不如意不是她背叛的理由。但其悲剧的根源，还是在于她的贪婪。这份贪婪不是针对物质与欲望的，而是针对完美的。

对完美的过分追求，也是一种贪婪。

当什么都想要的时候，定然是什么都难抓住。

但不管怎么说，潘巧云罪不至死。但她还是死了。与其说死于自己的背叛或死于杨雄的愤怒，倒不如说潘巧云死于石秀的敏感。

一个有攻击力的自卑者，是不可以招惹的。潘巧云没有看到这点。她始终没有看透石秀。她不知道，石秀这种敏感的家伙，可以吃得苦，可以忍得饿，唯独不能被冤枉。谁要是冤枉了他，谁就是他终生的敌人，他会用最残忍的手段，让那人付出代价。

什么都想要的，必然什么都没有。没有责任匹配的利益，一定不能真正给人带来好处。

一个人，想要的太多的时候，就必然痛苦。当他只想要好处，而不想用踏实的努力获得这种好处的时候，他所享受的好处一定隐藏着危险。

潘巧云不明白这个道理，她为自己的不明白付出了沉痛的代价。她的故事，值得每一个人深思。

人性最不堪一面的忠实追随者

> 一个把握不好自身行为界限的人，在得到正向的刺激之后，会更加漠视行为界限。
> ——期待的那个人

整部《水浒传》，一百多回，虽然对女性着墨不多，但也着实刻画了诸多类型的女子。这其中，有绝对的恶人，如王婆；有人见即怜的，如扈三娘；有完全去性别化，让人分不清男女的，如孙二娘与顾大嫂；也有阎婆惜、潘金莲之类，邪恶中带着无奈，让人恨却也让人叹的。

但有一个女人，与她们截然不同。这女人其实并不能算是一个十足的坏人，也似乎没有与生俱来的邪恶。但她就是讨人厌，身上完全没有半点儿可爱可言。

这类人，也算一朵奇葩，他们没干过太过邪恶的事，却比那些大奸大恶者更让人唾弃。

《水浒传》中的这个人，就是白秀英。

这白秀英是个唱曲儿的，业务能力极强。她原本混迹于大城市东京，后来相好的在郓城县当了知县，于是跟着到了郓城，依然是做老本行。

白秀英的这段经历，极容易让人联想到阎婆惜。而且，回顾阎婆惜情节时，作者借用媒婆之口说了一段话：

“三口儿因来山东投奔一个官人不着，流落在此郓城县。不想这里的人，不喜风流宴乐，因此不能过活，在这县后一个僻净巷内权住。”[1]可见，这郓城县的人并不喜欢听唱。但白秀英竟然还是来了，为什么呢？

阎婆惜一家的经历或许可做参考。

我们自然不知道阎婆惜一家为什么要从东京来到山东投奔亲人。但我们从阎婆惜本人的性格可以看出，即使她业务能力强，也未必就能招徕生意，原因在于阎婆惜的性格。阎婆惜并不是一个讨喜的人。她太过自我了。

服务业从业人员，是需要看人眼色的，要懂得看人下菜碟。阎婆惜并不懂这些，她奉行的原则是我喜欢的就拼命对你好，我不喜欢的就不怎么理睬你。

这种人，在服务业混不下去，自然不奇怪。

那么，白秀英是否也是此类呢？

根据书中描写，我觉得，是。

这白秀英，情商极低，更为严重的是，她的老爹也跟她一样，是情商低的家伙。

可偏偏受命运捉弄，这一对父女入了服务行业。

我们先来看看白秀英出场的场景。

那白秀英唱到务头，这白玉乔按喝道：“虽无买马博金艺，要动聪明鉴事人。看官喝彩道是过去了，我儿且回一回，下来便是衬交鼓儿的院本。”白秀英拿起盘子，指着道：“财门上起，利地上住，吉地上过，旺地上行，手到面前，休教空过。”白玉乔道：

“我儿且走一遭，看官都待赏你。”白秀英托着盘子，先到雷横面前，雷横便去身边袋里摸时，不想并无一文。雷横道：“今日忘了，不曾带得些出来，明日一发赏你。”白秀英笑道：“‘头醋不酽彻底薄’，官人坐当其位，可出个标首。”雷横通红了面皮道：“我一时不曾带得出来，非是我舍不得。”白秀英道：“官人既是来听唱，如何不记得带钱出来？”雷横道：“我赏你三五两银子，也不打紧，却恨今日忘记带来。”白秀英道：“官人今日见一文也无，提甚三五两银子，正是教俺‘望梅止渴，画饼充饥’。”白玉乔叫道：“我儿，你自没眼，不看城里人、村里人，只顾问他讨甚么？且过去自问晓事的恩官，告个标首。”雷横道：“我怎地不是晓事的？”白玉乔道：“你若省得这子弟门庭时，狗头上生角。”众人齐和起来。雷横大怒，便骂道：“这忤奴，怎敢辱我？”白玉乔道：“便骂你这三家村使牛的，打甚么紧？”有认得的喝道：“使不得，这个是本县雷都头。”白玉乔道：“只怕是驴筋头。”雷横那里忍耐得住，从坐椅上直跳下戏台来，揪住白玉乔，一拳一脚，便打得唇绽齿落。众人见打得凶，都来解拆开了，又劝雷横自回去了。勾栏里人，一哄尽散了。[2]

客人忘了带钱，他们不仅没有半点儿理解，反而极尽挖苦讽刺之能事。对于服务业人员来说，这实在是个大错误。

更为重要的是，并不是雷横消费了他们的具体东西。通过描述可见，白氏父女的营业方式，是唱给所有人听，然后凭赏的。这时候使用这种手段，尤其让人不舒服。

所以，我们看到一个现象，白氏父女犯了什么了不得的错误了吗？没有。但就是有很多人会讨厌他们。这是情商低的最大表现。他们丝毫不给人面子，哪怕只是因为人家一时疏忽。

我们都知道，出门忘带钱是常有的事。而且雷横解释过了。再者说，郓城县这种小地方，是完全的熟人社会，在这样的环境中，一个有头脸的人，承诺过的事情，基本都会兑现。因为大家都熟知他，违反承诺会影响他的形象。

因此，如果是个会做生意、懂人情的，自然不会那般刁难雷横。买卖，从来讲究和气生财，得罪了人，买卖就难做了。

但白氏父女显然没有这般想法，他们只顾自己心里痛快，完全不管什么人情世故。

白氏父女的这种不管不顾，不是对人情的反抗，而是对他人的藐视。对人情的反抗是当别人用人情绑架我们的时候，不去管那人情，大胆说出自己的正当诉求，以保证不被众人裹挟。对他人的藐视是只看到自己内心的想法，只想发泄自己内心的情绪，至于对方是否受到打扰和伤害，他们是不管的。

前者，我们说他是有自我的勇士，后者我们说他是没礼貌的莽汉。

白氏父女虽然有那么一点点挤对人的理由，但其实是没礼貌的莽汉。

但这里还有一个问题。不管如何说，这白氏父女都是混迹于风月场的，就算再是蠢笨，也该早已熏染出来了。以他们多年的经历，即使做不到圆滑世故，也应该不会犯如此低级的错误。更为可疑的是，当有人道出雷横都头身份时，白老汉听了不仅没有半点儿顾忌，反而变本加厉去刺激雷横。这到底是为什么呢？

原因就在于，他们有靠山。

原来这白秀英却和那新任知县旧在东京两个来往，今日特地在郓城县开勾栏。[3]

郓城新来的知县，是白秀英的相好。

至此，一切了然。

我们现在可以大致勾勒出白氏父女的形象了。

这父女二人，情商很低，是看人下菜碟的人，但他们似乎无法看准。

因为他们懂得看人下菜碟，所以能够笼络住知县。又因为常常看不准确，所以并不能保证自己的客源。因此东京混不下去了，只好来了小地方，郓城县。

刚来的时候，白氏父女似乎也曾低调过，各处拜过码头。前文就曾写到。这雷横此时是刚出公干回来，回来后就有小二跟他说，新来的白氏父女曾经来拜会过他。雷横也正因此，才会来听白秀英唱曲儿。

我们无法得知白氏父女为什么要拜会雷横。是出于习惯，新到一个地方必然要拜拜码头，还是县令的授意，让他们跟基层领导搞好关系，抑或是去告诉雷横自己的后台是县令，想让雷横出点儿血……

总之，就这行为本身来看，没有问题。但很快，他们似乎就变了模样，根本不认雷横这都头了。自然是因为有后台。

可见，这白秀英父女，变脸极快，这也是他们不讨喜的原因。

关于成因，无法确定，因为信息太少。但不外乎那几种可能。

一是穷人乍富，得意忘形。古时候，在服务行业做事，赚的是低眉顺眼的钱，内心有不甘是很正常的。有了后台，便成了可以颐指气使的那个，自然要好好舒爽一把，见人也欺负欺负，显显本领。

二是太过势利，给我钱的，我认你是个朋友，不给我钱的，我就不把你放在眼里。不仅不把你放在眼里，还要尽力羞辱你，为的就是发泄内心的积郁。

不管是哪一种，都表明了一点，这对父女，完全不具备把握度的能力。他们只会讽刺，不会适当讽刺。因此那讽刺不仅不能成为羞辱别人的武器，反而会令对方恼羞成怒，从而给自己带来危险。

白老汉就因为言语太过，而遭了雷横一顿老拳。

这时候，后台起作用了。白秀英一哭二闹三上吊，摆平了自己背后的男人。雷横被干倒了。

一个把握不好自身行为界限的人，在得到正向的刺激之后，会更加漠视行为界限。

白秀英就是如此。

当她利用后台扳倒了雷横之后，开始变本加厉地去羞辱雷横。她完全忘记了，之前就是因为毫不留情的讽刺，激怒了雷横，导致老爹挨了揍。

似乎在这白秀英的眼中，一个人只要比另一个人矮了一头，那么就可以任其欺凌了。不管怎么对待那“矮子”，对方都要忍受。她从未想过，如果彻底激怒对方，是否会招致疯狂的报复。她没有这个概念。

于是，我们可以看到，白秀英对雷横的所作所为，已经不像是在替自己的老爹报仇了，更像是在纯粹地羞辱雷横本人。她不是在泄愤，就是在依靠羞辱他人来获得快感，或说成就感。

白秀英光鲜的外表下，似乎藏着一颗被压抑太久的邪恶的心。

也许是早年所受欺凌太多，种下了报复的种子。也许是江湖市侩见得太多，让她悟出一个道理：“打人，就要彻底打倒。只有践踏了对方的尊严，对方才不敢反抗。”

总之，白秀英对“弱者”没有半点儿怜悯，只想将之完全踩在脚下。

她的心里，没有尊严的红线，她只想感受践踏别人尊严所带来的那份刺激。

正因为此，白秀英才有了诸多让常人难以忍受的行为。她羞辱了雷横，还暴打了雷横的老母亲。

这白秀英，对强者有着下意识的谄媚，对弱者却全没顾忌，完全是一副势利、市侩的嘴脸。

雷横毕竟不是底层的弱者。他是朝廷的人，是霸凌一方的都头。雷横在江湖上也有自己的名号。这雷横也会巴结上级领导，但毕竟没有完全丧失反抗的勇气。他身上，从来都有江湖人的一面。

当看到老母亲被人欺凌的时候，雷横爆发了，用枷锁打死了白秀英。

就这样，一个年轻的生命，死于自己的“作”。

人们常说，在人上时，拿别人当人；在人下时，拿自己当人。

白秀英似乎完全弄反了。遇到强大的，极尽谄媚，遇到不如自己的，任意践踏。

不给自己尊严便不会获得尊重，不给别人尊严，最容易给自己带来危险。

白秀英永远都不明白这个道理，所以她死了。她死得其实半点儿都不值。她和雷横之间有什么深仇大恨吗？没有。有特别严重的利益纷争吗？也没有。不过是因为一时误会，最终自家处置不当，导致雷横由都头变成草寇，而自己由活人变成死人。

难怪人们常说：“宁和明白人打架，不和不明白的说话。”

知理，从来重要。

给别人以空间，也就给自己留了余地。凡事别做绝，不仅是一种宽容大度，也是一种自我保护。

不要得理不饶人，何况很多时候我们并不得理。

注释

［1］引自《水浒传》（人民文学出版社）260页。

［2］引自《水浒传》（人民文学出版社）679页。

［3］引自《水浒传》（人民文学出版社）680页。

Part 2

被“物化”的女性

战争从来是男人的游戏，永远会让女人走开？

——期待的那个人

越是和平时期，人们似乎越是热衷于谈论战争。细论起来，和平时期的“战术大师”，怕要远远多于战争时期。

之所以如此，是缘于人们的一个特性，大多数人对没经历过的事情，格外“懂”、格外“擅长”。

任谁都知道，这种“懂”和“擅长”是不牢靠的，不过是一厢情愿的自以为是罢了。没经历过战争的人，总是将战争想象得十分刺激与魔幻。其实，战争除了残酷，没有其他。

身处动荡年代的人们，从不会觉得自己的生活充满了刺激，只会感觉身边满是苦楚。因为战争往往会扭曲人性。

在那忍受苦楚的人中，女性，又会格外凄惨一些。

战争从来是男人的“游戏”，永远会让女人走开。

可是，真的走得开吗？

哪里那么容易！

没有人可以逃离时代，尤其是没有话语权的群体。

战争让男人变成机器，让女人变成了工具。

这就是战争时代大多数人的命运。

我国最著名的战争时代，自然要数三国时期。那时英雄辈出，他们光辉伟岸，智慧超群，不过不管是哪个，似乎都缺少些“人情味”。没办法，战争就是如此。

而那时候的女性就更惨了，她们不是“人”，更像是物品。有的用来犒赏别人，有的用来迷惑别人，有的用来威胁别人……

总之，她们往往不是男人的目的本身，而是男人通往目的所必须使用的“器物”。

就像貂蝉，她是四大美女之一，但她的存在，不过是为了扳倒董卓而已。一旦目的达成，她也就再无用处了。历史给她的使命，就是做一个工具，而且是一次性的工具。完成任务之后，她便不再有价值，也不会再有人关注她了。

然而，她毕竟不是真的工具，她是一个有血有肉的人，她也有自己的需求、自己的梦想。在战争时代，这都不重要，重要的从来都是她能为战争做什么，而不是她的梦想是什么。这是她的宿命，却也是万千女性同胞的共同命运。

战争让个人的理想变得不那么重要了，尤其是古时候根本没有地位的女性。

于是，女人的欲望、诉求、梦想，就被淹没了。历史很少记录战争中的女人，历史只记录作为“工具”的女人。

一个人，只有变成物品才能够留下自己的身影，这实在是悲哀。但这样悲哀的人，有万千之众。

好在，历史的记录是无意识的，在记载女性工具属性的同时，也会连带其他。那细微的蛛丝马迹，可以发现那时女人的某些侧面。通过这些侧面，可以了解这些作为“工具”的女人。

事实上，她们不仅改变了战争，也展现了魅力。说到底，“工具”也不是谁都可以当的。要像貂蝉那般优秀才可以。

《三国演义》是一本写战争的书，也是一本写男人的书，它虽不是正史，却无处不显现正史的影子，很多人了解三国时期的故事，都是通过《三国演义》。

这时，它的价值就增值了，不仅有文学价值，还带有历史属性。我们可以通过它了解古典文学中的女人，也能从侧面了解古时候真正存在过的女人。

透过那些风云女性“工具”属性的迷雾，给她们以血肉，不仅是对这些优秀女性本身的还原，也是对女人自古命运的还原。那些被历史忽视的女性需要这还原，如今远离那时代的女性也需要这还原。

国将不再，爱将何处安放

英雄的喜剧是普罗大众的悲剧，英雄的悲剧是普罗大众的喜剧。

——期待的那个人

襄阳城破时，郭靖必然伤心欲绝吧！

满腔豪情、一心为国，但依然挡不住敌人的铁蹄。眼睁睁看着蒙古军队踏破襄阳城，自己多年的心血毁于一旦，对郭靖这种爱国爱民的人，必然是莫大的打击。

老天对郭靖不公。但老天对郭靖也有眷恋。

城破了，国土没了，理想崩塌了，这是老天对郭靖的不公处。但家人还在眼前，故人也都围绕身边。与心爱的妻子和儿子一道为自己的理想而死，郭靖虽死得遗憾，却也足以瞑目了。这是老天对郭靖的眷恋处。

上天没能让郭靖实现理想，但至少让他献身于理想了。

以旁观者的角度看，牺牲于战场是莫大的不幸，凯旋的勇士则是命运的宠儿。但对于真正的战士，害怕的从来不是牺牲于战场，而是战友都已离去，独自己只身归来。没有了曾经生死与共的弟兄，要那战功与荣耀何用？

独自一人存活于世的孤独，远比战死沙场更痛苦、更难挨。

从这角度讲，郭破虏与父母同时牺牲，远比他的姐姐郭襄独自一人挨过一生要幸运得多。

郭襄确实过得苦，却不算最苦。最苦的是没能牺牲于战场，却要跟敌人朝夕共处的人。他们有功劳，却不能说与人知，他们有“战友”，却不能相认相处，而是要待在敌人身边，假装与敌人是一路。这种苦，不是平常人所能想象的。

《三国演义》中，就有这样一个人，她不是征战沙场的英雄，只是一个娇弱的女人，但她的功绩比那些征战沙场的将军更大，她救人无数，拯救了濒危的皇室，改变了历史走向。可她不仅没能享受英雄般的荣耀，且要伴在她的“仇敌”身边，去做他的爱人。这份苦，才是世上最大的。这种人，才是世上最伟大的。

郭靖城破身死，人们称赞他“侠之大者，为国为民”，他为理想而死，与家人同在。而那女人只能在敌人身边，凄苦度日。没有荣耀，没人理解。她比郭靖更伟大。

这女人就是我国古代四大美女之一，貂蝉。

按《三国演义》所写，貂蝉出身并不高。

其女自幼选入府中，教以歌舞，年方二八，色伎俱佳，允以亲女待之。[1]

可见貂蝉是个穷苦人家的孩子，年少时就被父母送出家门，或者说被父母卖掉了。这等出身，够得上凄惨。

在动荡而又贫穷的环境中，支撑一个人活下去的最大动力，从来不是什么理想和抱负，而是身边的亲人和伙伴。人只有看到有人还跟自己一路的时候，才是最安心的。所以，对于很多人来说，贫穷、不得志可以挨受，不可挨受的是以往一道奋斗的穷苦朋友都已飞黄腾达，只有自己还身处落魄之中。没有伙伴的痛苦，有时比死还难受。

貂蝉自然是难受的，早早就离开了家人，孤苦伶仃一人来到陌生环境里。不再有人呵护她、爱她，只有人支使她、责骂她。

人们面对此类情境时，有的会自卑，觉得自己处处不如人，透出一股胆小与怯懦；有的则戾气太重，总觉得命运不公，因此极度敏感，又满腔恨意，常对周遭环境有意见；有的则是勤勤恳恳，知道自己出身不好，凭着一股子坚持去努力，他们很少抬头看天，只是埋头苦干，一般难有大成就，却也不会太差；最让人敬佩的，是那积极向上者，有智慧、有理想，凭着自己的本事闯出一片天来。这最后一种人，就是人们常称颂的寒门贵子。

《三国演义》中对貂蝉着墨不多，但可以看出，她是最后一种人。

书中说："允以亲女待之。"所谓物以类聚、人以群分，看一个人，看他交往的都是谁就可以。像林冲，以陆谦为友，就知道这人不可靠，鲁智深一心挂念史进，必然即使差也差不到哪里去。虽然《三国演义》对貂蝉描写不多，却也可以通过王允的品性来侧面发现貂蝉。

王允是汉室老臣，官位高，号召力强，更是一片忠心。当时，董卓以保护皇帝的名义带兵入京，实际上没安好心。他进京后将年幼的皇帝控制起来，自己掌握了国政大权。

面对强横、残暴的董卓，无良知的选择了服从与苟且，跟董卓做了一路，成了他的狗腿子；有良知但胆小怯懦的，选择了闭嘴，只知明哲保身，不再管皇室兴衰与天下苍生的死活；王允属于另一种，表面服从，假装跟董卓亲近，但实际在找机会干掉对方。

所以，王允跟董卓交好，但王允也会于深夜中找来那些忠烈大臣一起商量怎么才能够杀死董卓，恢复汉家江山。

看人以德，王允这种品性的人，他认可的，自然错不了。

貂蝉一个无家无亲的歌女，能够让王允这种地位的人对待她像亲女儿一样，可见貂蝉自有其不平凡之处。这也是说她当得起寒门贵子的原因。

这时候的貂蝉，应该是满足的。她丢失了家人，又找回了“家人”。最重要的东西失而复得，是人生最大的喜悦。失而复得后，她也会更加懂得感恩与珍视。

貂蝉确实如此。她只是一个歌女，毕竟不是王允真正的女儿，而且，即使是王允真正的女儿，也不会有机会了解外界的真正形势。她所能够看到、感觉到的，仅仅是王允的情绪。从这情绪中，去判断当时的局势到底是什么样子。

王允的情绪是不高的。他确有报国的心，但其实无报国的力。他无权指挥军马、无力上阵杀敌，面对凶狠残暴的董卓，确实没有任何办法。事实上，在当时的形势下，莫说王允，即使是拥兵千万的将军，想要杀死董卓也几乎不可能。袁绍、曹操联合了十八路诸侯，不一样劳而无功吗?

面对压力而寻不到解决办法的时候，人必然会沮丧而颓废。这些，都被貂蝉看在了眼里。

貂蝉是有心的。她知道是王允让她重新有了“家人”，也懂得去感恩王允，想要为他分忧解难，想让他快乐幸福。全然不像有些人，觉得自己过得苦，于是全世界便都欠他的了。他没钱，别人有钱却不肯分给他，便去指责那人小气。他犯了错，但别人不肯大度原谅，反而让他承担那错误的责任，便指责别人太过计较……

貂蝉也是有分寸的。她知道自己的位置，也知道自己的分量。她明白，即使再过担忧，凭借自己也是帮不了王允什么忙的，也便没有去问。而只是在背后偷偷担忧。

这些恰巧被王允看在了眼里，于是，本无机会参与国家大事的貂蝉，得以表露心迹。

蝉曰："妾蒙大人恩养，训习歌舞，优礼相待，妾虽粉身碎骨，莫报万一。近见大人两眉愁锁，必有国家大事，又不敢问。今晚又见行坐不安，因此长叹，不想为大人窥见。倘有用妾之处，万死不辞。"[2]

王允毕竟是老江湖，脑袋转得飞快，看到貂蝉后，他突然来了主意。杀董卓未必要动用大量军队的，让董卓的侍卫或手下去动手岂不是简单得多？

于是，有了连环计。将貂蝉许配给董卓的得力助手吕布，再将貂蝉送给董卓，制造矛盾，让董卓和吕布自相残杀。如果最后死去的是董卓，自然皆大欢喜，即使最后死去的是吕布，一样除去了董卓最为有力的帮手，再去杀董卓也便容易了。

这是一个好计策，也是一个有效的计策。这计策对王允有利，可达成他忠君报国的心愿；对皇室有利，可帮他们重新拿回天下的统治权；对百姓有利，没了残暴的董卓，至少京都的百姓不会再那么苦了。

可对貂蝉，却是一个深渊，从此后，她将再无幸福。

貂蝉毫不犹豫地答应了王允，毅然走向深渊。

她曾被家人抛弃过，知道那苦，王允重新给了她家的温暖，她知道这甜。越是吃过苦的人，越是懂得甜的珍惜与可贵；越是吃过苦的人，越是不想丢弃已到手的甜。但貂蝉更想报恩。

貂蝉的父母放弃了为人家长的责任，于是，貂蝉陷入了痛苦。如今，她重新有了家人的关怀。她不想跟自己的父母一样，放弃作为亲人的责任，所以即使前面是深渊，她一样要去闯一闯。对于一个心中有爱的人来说，保护自己最在意的人，比什么都重要。

此刻起，貂蝉注定再一次失去家庭的温暖。不同的是，第一次她是被抛弃的，这一次是她主动的。

那一年，貂蝉十六岁，算起来，她还未成年，但她已经长大了，甚至可以说有些伟大。

王允的计策很顺利。第一次见面，好色的吕布就被貂蝉的美貌与气质征服了。被征服的还有同样好色的董卓。

王允将貂蝉许配给了吕布，随后便将貂蝉送给了董卓。

至此，王允下台休息，貂蝉正式上场了。

貂蝉很聪明，她成功离间了董卓与吕布的关系，让他们彼此都生了杀心。

万事俱备，只欠东风。

这时候，王允在吕布那里又加了一把火，一切都如愿达成。吕布杀死了董卓，迎娶了貂蝉。

作恶的奸臣被除去，自然是普天同庆的喜事。王允很开心，终于干掉了朝中的恶霸；皇帝很开心，自此不用再受人摆布；吕布也很开心，立了功劳、娶了美人；百姓一样很开心，从此不担心被人平白无故杀死了，要知道，之前董卓可是经常杀掉百姓，然后拿着他们的头颅跟皇帝说自己杀死的是叛贼的。

然而，最大的功臣貂蝉，怕并不开心。

人在达成之前的愿望之后，会欢喜无限，但当他随即发现下一个愿望几无达成的希望时，又会马上陷入痛苦。这时候的貂蝉，身处的正是此种情境。

貂蝉如今已经是吕布的女人了。

说起来，那吕布也算是个人物。吕布相貌堂堂，是个美男子，也有能力，在前可以冲锋陷阵、上阵杀敌，在后可以坐镇军中、指挥兵马。单论这方面，也还算是一个可嫁之人。

但这吕布的人品让人实在不敢恭维。他最开始是丁原的手下，并拜了丁原做干爹，可是为了一匹马，就杀了丁原，转身跟了董卓。吕布见董卓有权有势，又拜了董卓做干爹，结果又因为女人杀了董卓。实在是一个两面三刀、见利忘恩的小人。

不过，貂蝉最大的困境还不是吕布到底是个什么样的人，而是她要以什么姿态去面对吕布。

从身份上来讲，吕布是貂蝉的丈夫，貂蝉是吕布的妻子。可是，两个人背后又有另一层关系，吕布是貂蝉的“敌人”，貂蝉欺骗与利用了吕布。

这时候，貂蝉必然陷入困境。她要去爱吕布吗？看上去似乎确实需要爱，因为这个男人是她下半生的保障与依靠。可是她注定是不可能全心全意去爱这个男人的，因为她有不可公开的秘密。这是她爱情路上的障碍，这障碍是她主动设下的。

如果貂蝉不去爱吕布，那么她的生活也注定凄苦。一个年轻的美貌佳人，守在一个自己不爱的男人身边，又要假装自己很爱对方。于这场景，可能有人会为吕布叫不公，觉得他受了欺骗。但真正日子难挨的其实是貂蝉，不是吗？明明不快乐，却要假装很快乐，这是最大的痛苦。

貂蝉是一个有爱的人，正是因为有爱，才会毅然决然去完成那般艰巨的任务。可是这个有爱的女人，却注定无法获得爱情。其无法获得爱情的原因，在于她是一个拯救苍生的大英雄。

这讽刺吗？不讽刺，只会叫人觉得心疼，叫人觉得老天太不公平。偏偏要这样对待一个美丽而又柔弱的女人。

她原本有家庭，却被抛弃，在无望时遇到恩人，再次体验到了家的温暖。可是很快，她又不得不为了那恩人抛弃这好不容易获得的“家”。

最终，貂蝉确实有了属于自己的真正的家了，是吕布给她的。可是此时她已无法去面对那“家”中的“丈夫”。

这一切，只因为她心中有爱，有大爱。

这是老天的不公，却也是人间的悖论。

我们都羡慕英雄、期盼英雄，甚至渴望自己就是那大英雄。但很少有人知道，英雄虽注定要为普罗大众牺牲，却也是普罗大众的灾难。英雄与民众从来都是对立的。

英雄的喜剧是普罗大众的悲剧，英雄的悲剧是普罗大众的喜剧。

一个需要英雄的时代，普通百姓必然身在水深火热当中。那英雄所创立的功绩越大，在这功绩完成之前民众所受的苦难就越深。英雄光环的背后，是民众的鲜血。

同样，英雄越是无用武之地，普通百姓所受的苦难就越少。凄惨的英雄对应的一定是安乐的百姓。

不过，貂蝉更为悲惨，她选择的是一条无名英雄的路。她会有大成绩，但绝不会有大荣耀。她是一个凄惨的英雄，但在她凄惨的背后，并不是安乐的百姓，而是同样凄惨的人间。

貂蝉，是悲惨英雄中那最悲惨者，不仅是因为时代，更是因为她的选择。

上天给了她天使的容貌，却没给她顺遂的人生。貂蝉注定在无爱的生活中慢慢老去，上天不会再次记起她，甚至连《三国演义》的作者都几乎忘了她。

嫁给吕布之后，貂蝉几乎再无消息。只是吕布被困在下邳的时候，提了一次貂蝉的名字，寥寥十来字而已。那之后，全书再无貂蝉。

吕布身死后，貂蝉去往何方，没有人知道。人们只记得眼前的苦难，早忘记了那曾拯救过众生的英雄。

貂蝉心中有爱，但世界并不爱她。

郭靖死后百千年，人们依然记得这位大侠。貂蝉还没过完自己的青春就已经被人忘记了。

貂蝉，当得起“爱之大者，为国为民”。

人因梦想而伟大，也会因付出而不朽。追寻自己的梦的人，必然是美丽的，懂得牺牲自我成全别人的人，也一样美丽。

貂蝉以一个虚构形象而能够名列四大美人之一，不单是因为外貌，更是因为其品格。

有内涵的人，运气总不会差。

注释

[1] 引自《三国演义》（人民文学出版社）64页。

[2] 引自《三国演义》（人民文学出版社）64页。

嫁夫当如周公瑾

中华五千年历史，战争无数，可竟没有一场像特洛伊战争那样，单纯为了一个美丽的女人而发起，是莫大的遗憾。
——期待的那个人

鼎湖当日弃人间，破敌收京下玉关。
恸哭六军俱缟素，冲冠一怒为红颜。

这是清朝文人吴梅村《圆圆曲》的开头几句。其中“冲冠一怒为红颜”一句，自成诗以来，便广为流传。人们都认为这是讽刺吴三桂的。

相传，李自成攻破北京的时候，吴三桂正在关外驻守。李自成派人招降吴三桂。吴三桂同意了，决定带兵入关，向李自成投降。然而，吴三桂走到半路的时候，听说李自成的手下抓了他的父亲，还收了他的爱妾陈圆圆。吴三桂大怒，带兵折回，转去投降努尔哈赤了。后来，吴三桂跟着清兵打入关内，报了夺妾之仇。

人们一致认为，吴梅村写“冲冠一怒为红颜”就是在讽刺这吴三桂。

不过，历史学家给出了不同意见，说吴三桂降清其实并不是因为陈圆圆，吴梅村的这一句诗怕也不是专指的吴三桂。人们之所以愿意做如此歪曲，将吴三桂说成是一个只认女色不顾民族大义的家伙，是因为大家愤慨于他的投敌。

古时，一个男人为了女性而不顾其他，是极大的污点。

还原历史真相，自然可以给吴三桂这类人以清白，不过于那些感念于爱情的伟大的人，怕是会多少有些遗憾吧！

很多人觉得中华五千年历史，战争无数，可竟没有一场像特洛伊战争那样，单纯为了一个美丽的女人而发起，是莫大的遗憾。说明了我们爱美之心的缺失，也说明爱情在这块土地上萌发得太晚且不够热烈。

古人爱美女，却不愿意为美女而去发动一场战争。说明那时候，在男人心里，女人其实没那么重要。至少在事业和爱情中间，男人是绝对倾向于前者的。人们用只顾男女之情不顾其他来抹黑吴三桂，正是这种思维的侧面反映。那时候，爱情并不被看好，甚至会被视为污点。女人更是要远离战争的，如果女人跟战争扯上关系，那么这个女人就会被称作祸水。那时候，男人更在意地位和利益，没有人觉得争夺美丽与爱情是一件重要的事情。

可以想象，如果特洛伊战争发生在中国古代，历史书中怕不会称海伦为女神，而是要将之定性为古今第一祸水吧！

对于那些感念于爱情之伟大的人来说，这种观点，怕是接受不能，不过这确是绝对意义上的历史事实。

不过，历史真实事件中没有，不等于文学作品中没有。《三国演义》中，作者便将东吴名将周瑜写成了一个肯为自己所爱的女人发动战争的男人。

当时，曹操打败了袁绍，想要乘势挥军南下，吞并荆州和东吴。那时候刘备在荆州地界，孙权则占领着东吴。刘备一方力量太小，便派遣诸葛亮去东吴游说，两家联合抗曹。

东吴方面则分成了两派。以张昭为首的文官绝大部分主张投降曹操，而武将则多主张正面迎敌。

这时候，孙权派人调回周瑜，想要听听他的意见。东吴群臣知道此事后，分批次连夜去见周瑜。有劝他跟孙权说投降曹操的，有劝他跟孙权说一定要跟曹操开战的。周瑜没有明确亮明自己的态度，一直暧昧回应。

最后，鲁肃也带着诸葛亮去见周瑜。鲁肃是主战的，极力劝说周瑜同意打曹操。不知周瑜是故意逗鲁肃还是有其他想法，此时突然开口说要降曹。

这时候，诸葛亮出言相激，他装作不知道小乔是周瑜的妻子，跟周瑜说其实不必动用军队，直接派人将大乔和小乔两个美女送给曹操，曹操自然就退兵了。因为曹操此来，不是为了东吴的领土，而是为了这两个美女。

诸葛亮这话自然有些鬼扯，曹操南下，肯定是奔着争夺领地来的，即使要收二乔，也不过是“搂草打兔子”，顺便而已。不过诸葛亮却拿出了曹操青睐于二乔的证据，充分说明，曹操这老家伙确实惦记过这两个大美女。

周瑜果然被诸葛亮激怒了。

周瑜听罢，勃然大怒，离座指北而骂曰：“老贼欺吾太甚！”……瑜曰：“吾与老贼誓不两立！”[1]

第二天，周瑜便劝孙权迎击曹操，于是有了历史上著名的以少胜多的战役——赤壁之战。

周瑜用实力说话，靠着卓越的指挥才能，加上对环境的良好利用，打败了兵力上有绝对优势的曹操。他保住了江东土地，更是给了自己的女人以无限尊严。

许多年后，唐代的著名诗人杜牧写道："东风不与周郎便，铜雀春深锁二乔。"

赤壁之战过后好些年，曹操目睹了孙权的风采，感慨道："生子当如孙仲谋！"如果他当时知道小乔的丈夫周瑜有那般的本领，估计会很大程度上打消对小乔的惦念吧！或许也会说一句："嫁夫当如周公瑾！"

于一个女人来说，自己的男人肯为了自己而不顾一切，没有比这更幸福的了。这幸福，小乔得到了。

周瑜确实是一个理想的夫婿。

从相貌上讲，周瑜高大帅气，当时的人们都称他为"周郎"，有人略带戏谑地说过，用今天的表达方式就是"周帅哥"的意思。可见周瑜的外貌是得到了广泛认可的。

从出身讲，周瑜出身大户，家中有财，也有人在朝中为官，是绝对的好出身。

从才华上讲，周瑜精通音律，当时就流传"曲有误周郎顾"。周瑜在音律上的造诣可见一斑。

从能力上讲，周瑜年轻拜将，很早就当了东吴的大都督，并且取得了诸多战役的胜利，更是亲手造就了赤壁之战这种历史上都赫赫有名的胜利。

然而，评价一段感情是否牢靠，评价一个女人是否嫁得正确，不仅要看那男人是否足够优秀，更要看他是否真正在意她。只有真正在意，她才能幸福。如果他处处都优秀，可是并不喜欢自己的女人，那么这个女人必然也是没有幸福的。

周瑜对于小乔的在意自然不必多言。前面已经介绍过了，为了小乔，周瑜是可以不顾其他的，甚至不惜发动战争。

有夫如此，“妇”复何求？

小乔，必然十分幸福。

不过，怕也有人会提出疑义。因为《三国演义》的作者将周瑜写成了一个小心眼儿、爱嫉妒的男人。

这世上确实有些心眼儿极小、嫉妒成性的男人，并因为其自身的这种特点让他们的女人受尽了苦楚。

我们常见这样的人。他对自己的爱人非常好，乐于牺牲自己去满足她们的要求，也会将她们当成是最重要的珍宝，捧在手里，生怕她受半点儿委屈。但他们的女人并不会觉得幸福，因为他们同时也有控制欲强的毛病。

他们爱自己的女人，却也会限制自己的女人，不准她跟外人接触，要她绝对服从自己的管束……总之，不给半点儿自由。

《三国演义》中对周瑜的描述，像极了这种人。小气、嫉妒，半点儿也容不得人。

小乔跟这样的一个男人在一起，会有自由、会有幸福吗？

当然会。因为我们对周瑜有如此看法，更多的是因为书中将诸葛亮塑造成第一主角，因此我们通常都以诸葛亮的视角来看问题罢了。

其实仔细分析，周瑜并不是一个小气的人，他是容得下人的，甚至可以说非常大气。他只是对诸葛亮不够友好罢了。而且，他对诸葛亮不够友好，也并不是因为他嫉妒诸葛亮的才华，而是因为他认为诸葛亮终有一天会变成自己的对手。一个人对对手小气，算不得污点的。

周瑜是因为欣赏孙策才归入东吴的。

孙坚死时，孙策还不具备建功立业的能力，不得不跟在袁术手下做个跟班。孙策是有抱负的，他知道跟着袁术出息不了，同时也想恢复父亲当年的基业。于是用传国玉玺做了抵押，在袁术那里借了些兵，打算去收复江东。

就在去打江东的路上，孙策遇到了周瑜。

那时候，孙策手里只有几千的军队和孙坚留下的几个老将，正是缺少人才的时候。

周瑜决定跟了孙策之后，做的第一件事就是举荐人才，他推荐了江东二张，张纮与张昭。不久后，张昭就成了东吴孙家方面的重臣，不管是孙策还是孙权，对张昭都极为尊重，也极为倚重。

如果周瑜真是那嫉贤妒能的小气鬼，何必去做这种事？自己掌握重要的位置不好吗？为何还要举荐能力强的人来，从孙策那里分走权力？

而且，《三国演义》从始至终也没提过周瑜和张昭之间有矛盾。可见，周瑜对于人才是极为宽容的。他并不会因为别人比他地位高，别人有他不具有的才能，别人更得主公欣赏，而去嫉妒、怀恨那人。

更能说明周瑜大度的是，他向孙权举荐了鲁肃。

那时候，孙策已经死了，孙权继承了江东领袖的地位。从种种迹象来看，当时的孙权并不被人看好，而且平日里表现也确实不怎么样。大家对他都没什么信心。从某种程度上可以说，孙权是被逼上老大的位置之后，才爆发了体内的能量的。

初始时候，孙权并不自信，也缺乏人才。这时候，周瑜向孙权推荐了鲁肃。孙权对鲁肃很是认可，给予了重用。

周瑜跟鲁肃是极好的朋友，两个人都有才华，但在具体的政治路线上一直有分歧。

周瑜始终认为，刘备不是一个肯跟着别人混的人，最后肯定会自己做老大，最终成长为东吴的对手，所以不如将刘备干掉，至少要将他软禁起来，不给刘备创立事业的机会。同时，周瑜提出，摆平了刘备之后，东吴应该进军四川，拿下刘璋，然后跟曹操分庭抗礼。

鲁肃则另有主张，他跟诸葛亮的想法类似。鲁肃觉得，刘备必须留着。因为东吴无法直接跟曹操对抗，留着刘备做一个盟军，三足鼎立，才能够保证东吴的安稳。

周瑜与鲁肃之间的分歧，可以说是很大的。而且，东吴内部颇为这两条路线争执了一番。

如果周瑜真的小心眼儿，那么他必然会恨鲁肃吧！

但其实没有，周瑜不仅没有恨鲁肃，反而直到他去世，都将鲁肃当成好兄弟。周瑜临终的时候，还特意写信给孙权，让鲁肃接替他的位置，做东吴的大都督。

君子和而不同，周瑜的行为颇具君子之风，完全是一个大度能容的人，跟小心眼儿怕是半点儿关系也没有。

不过，《三国演义》中，周瑜确实常跟诸葛亮过不去。如果要分析，就要从两个人的关系上入手了。

周瑜对诸葛亮一直非常欣赏，可以说甚至有些佩服诸葛亮的才华。其实一点儿嫉妒也没有，最开始的时候，他还想拉诸葛亮入伙东吴。

次日，瑜请诸葛瑾，谓曰："令弟孔明有王佐之才，如何屈身事刘备？今幸至江东，欲烦先生不惜齿牙余论，使令弟弃刘备而事

东吴，则主公既得良辅，而先生兄弟又得相见，岂不美哉？先生幸即一行。”[2]

周瑜派诸葛亮的哥哥诸葛瑾去劝诸葛亮，让他来东吴效力。一个小心眼儿、爱嫉妒的家伙怎么会将一个能力在自己之上的人介绍给自己的主公？那不是直接影响到了自己的权力吗？

可见，周瑜并非小心眼儿的人，而且非常大气，遇事从来只考虑大局，而忽视个人利益。在周瑜眼里，只有东吴的未来与兴盛，没有自己的前途与地位。这样的人，实在可敬。

周瑜对诸葛亮态度的转变，是从诸葛瑾劝说诸葛亮失败开始的。当周瑜发现诸葛亮不能成为自己的战友、只会成为东吴的敌人之后，他才想要除掉诸葛亮。

不是周瑜生性好杀，容不得人，而是为了东吴的基业和未来，他不得不那么做。

与其说《三国演义》中的周瑜是知道自己不如诸葛亮从而嫉妒心暴涨被气死，不如说周瑜担心诸葛亮有一天会成为东吴的极大威胁忧郁而死。

周瑜对诸葛亮的“小气”，并不能说明他是个嫉妒成性的小心眼儿，只能说明他是一个只想着东吴利益的忠贞臣子。

这样的品性，怎么会对身边的人不好呢？何况那人还是他的爱人。

对盟友宽爱，对敌人狠辣，从来都不是什么污点。

人们觉得周瑜小气不过是站在诸葛亮的角度和利益上看问题罢了。如果纵观全局，会发现，这周瑜实在是一个值得敬佩的人。

能够嫁给这样的一个人，是小乔的福气，能够配得上这样的人，是小乔有个人魅力。

美女与英雄的组合从来是人们想见的，也从来是会得到人们的祝福的。小乔与周瑜这对神仙眷侣，直到今天，依然被人们称颂。

不过，上天给了小乔满意的夫君，却没给她从始至终的幸福。

周瑜很优秀，但他死得太早。他并不是死在自己太过小气，而是死在对东吴太过用心。他不是被人气死的，他是为东吴的前途忧虑而死的。

将星陨落，军士哀鸣。周瑜的离去，对东吴是莫大的损失，但损失最大的，是小乔。从此，她爱着也爱着她的人不在了，再也没有人会不顾一切去保护她的安全了。这一段美好的爱情，因为周瑜的突然死去而画上了句点。

据载，小乔的寿命也并不长。周瑜因忧虑东吴的前途而死，小乔怕是因为思念夫君而故去了吧！

他们没能在人间白头偕老，但可以在另一个世界早日见面了。这是我们这些看客唯一能够安慰自己的地方。

但愿在那个世界里，没有那么多的战乱与争斗，可以让他们安守自己的生活，继续着在这个世界没有过完的幸福。

识人者智，自知者明。幸福的人不仅要强大自己，让自己变得更优秀，更要懂得识别优秀的个体。优秀的自我可以保证我们有更多的选择，强大的辨别能力则是对选择质量的保证。

小乔够优秀，才能碰到周瑜，她够聪慧，才选择了周瑜。她的幸福，不是上天赐予的，而是靠优秀拿到的。

注释

［1］引自《三国演义》（人民文学出版社）366页。

［2］引自《三国演义》（人民文学出版社）369页。

倾注自己的所有去爱

> 在那个薄情的年代，你企图以深情存世，那就过时了。
> ——期待的那个人

在人人都精于算计的环境中，简单而纯真的人会显得极为珍贵，也会散发出不同寻常的魅力来。

《三国演义》中的孙夫人便是典型一例。

孙夫人是孙权的妹妹，她跟阎婆惜不一样，是一位真正的公主，不过这真公主也无法掌控自己的命运。一切都因为她生在战争时代。

战争最能体现真情，在战乱年代，从来不乏展现人性伟大的故事。但同时，战争也最会无情揭露人性的肮脏，战乱年代，禽兽行为与尔虞我诈同样层出不穷。

战争的本质是抢夺资源，攫取权力。不同的是，有的人参与战争是为了抢夺本属于自己的资源和权力，有的参与战争则是想掠夺他人的资源与权力。前者我们称其为正义一方，后者我们则判定是邪恶的。

然而，不管是正义的还是邪恶的，老老实实去做都是无用的，必须要用到计谋，要懂得尔虞我诈。

越是离权力中心近的地方，人们就越是“狡猾”，如果恰好跟两个有利益冲突的权力中心都有交集，那么他的所见所遇便会更加奇诡。在他身边不会有诚信与真心，有的永远都是欺骗与利用。

孙夫人恰巧就处在这样一个环境中。她也恰巧就是那被利用的对象。

首先觉得孙夫人可利用的人是周瑜。周瑜一直想要干掉刘备，只是苦于没有机会。后来，干脆想自己创造一个机会。于是，他想了一个美人计。周瑜鼓动孙权，以嫁妹妹给刘备为借口，骗刘备来江东，然后将其格杀。

孙权是孙夫人的哥哥，但他首先是一个政治家，是一个正在扩张地盘的政治家。于是，他同意了。

关于这一切，孙夫人毫不知情。

刘备也是一个聪明人，他自然知道这不是什么好事情，背后一定暗藏着危险。他本是不想去的，准确地说是不敢去。

不过诸葛亮向来自信，从没把周瑜等人放在眼里。他跟刘备打包票说可以保证刘备的安全。于是，刘备正式前往江东。

诸葛亮给出的第一个计谋是，让秘密不再成为秘密。本来，这件事只有孙权、周瑜等几个人知道，但刘备方面突然将其大范围公开了，弄得整个东吴都知道孙权要嫁妹子给刘备了。同时，刘备走了乔公的门路，让吴国太，也就是孙权的姨母同时也是孙权的继母，知道了这件事。吴国太还有一个身份，孙夫人的生母。

吴国太政治地位极高，但她并不是一个政治家，她更愿意做一个母亲。因此，她出来干涉了。吴国太不希望自己的女儿变成一个望门寡。此时，才真正有一个人开始从孙夫人的利益考虑问题。

孙权还是孝顺的，他没有拂逆母亲。最后假戏真做，按照吴国太的意思，安排了相亲大会。不过，虽然是为刘备和孙夫人相亲，但似乎孙夫人并不在场，主导这次相亲会的，是吴国太。

吴国太确实是顾念女儿的幸福的，但她似乎只想给女儿自己认为是幸福的那种幸福。至于女儿是否真的以为这是幸福，怕她没有想过吧！

这时候，孙夫人应该已经知道自己即将嫁人的消息了，只是，她应该还没见过未来的夫婿，只听过对方的名头。

在整个过程中，孙夫人都没有参与，她能做的只是等待，等待别人告诉她结果，然后按照规定好的程序去执行。嫁人的是她，但决定权在别人的手里。

让人欣慰的是，孙夫人似乎跟自己的母亲眼光极为接近。从《三国演义》中的描述来看，她对刘备还是比较满意的。这是孙夫人的幸运处。

不过，从此刻开始，她正式进入权力斗争中心了。她身边不再是疼爱自己的母亲、忠心于自己的丫鬟了。而是有利益冲突的刘氏集团老大与孙氏集团的老大。这种改变，注定影响孙夫人的命运。

果然，周瑜并没有放弃，他继续撺掇孙权对付刘备，既然杀不了他，那就软禁他吧。

孙权采用了周瑜的计策，开始用糖衣炮弹攻击刘备。他给刘备提供了最好的生活环境和生活条件，好到让苦出身的刘备流连忘返。

这时候，孙夫人该很满足吧！夫婿是自己中意的，哥哥又那般体恤自己，什么都给她提供最好的。她一定会觉得自己是世上最幸福的人，有体贴的夫婿，有关爱自己的哥哥。她怎么都想不到，这背后其实藏着阴谋。

孙夫人只是一个性格豪爽、喜欢刀剑的女人，她性格倔强，但也传统保守。最重要的是，她不是一个政治家，甚至完全不想接触政治，也完全不懂政治。这背后的诸多猫儿腻，她是注定看不出来的。

孙夫人确实看不出来，但她身边的人都明白。孙权知道怎么回事，刘备虽被一时蒙蔽，经赵云提醒后，也很快便明白过来了。只是孙夫人还蒙在鼓里。

刘备醒悟过来之后，就马上决定要回荆州了。

不过这刘备还算是有情有义。

云曰："若和夫人商议，必不肯教主公回。不如休说，今晚便好起程，迟则误事。"玄德曰："你且暂退，我自有道理。"云故意催逼数番而出。[1]

赵云劝刘备直接开溜，刘备还是惦记着孙夫人的，到底还是进去跟她商量了。

最后，刘备和孙夫人两个定下计策，只跟吴国太辞行，不让孙权知道，借口是去江边祭祖。此时，所有人都在从政治上思考问题，只有孙夫人和吴国太，想的是日常生活与礼仪。

告别了吴国太之后，刘备一行人就急急忙忙开溜了。

孙权自然是不会让刘备顺利走脱的。果然，他知道后很生气，然后派人去追刘备回来。这时候，东吴老将程普进言。他说孙夫人从小尚武，脾气倔强，东吴哪个将领敢惹她？所以，派人去追恐怕也追不回来，因为会被孙夫人给挡回来。

孙权听了之后，勃然大怒，不过他知道自己这妹子确实能干出这等事情来。于是，他露出了政治家绝情的一面。

权大怒，掣所佩之剑，唤蒋钦、周泰听令，曰："汝二人将这口剑，去取吾妹并刘备头来，违令者立斩！"蒋钦、周泰领命，随后引一千军赶来。[2]

此时，只有政治家孙权，再也不见那个为人兄长的孙权。不过，孙夫人应该还当他是疼爱自己的哥哥吧！

孙夫人很快就知道了真相。

周瑜确实够聪明，他早就知道刘备可能会溜，也算计出来刘备大概会从哪里溜。于是，早早就在那里埋伏好了人，专门截杀刘备。

当时，刘备手下虽然跟着赵云，但由于人手太少，一样是没法顺利走脱的。这时候，刘备看了诸葛亮预先写下的锦囊，然后来求孙夫人了。

玄德看了，急来车前泣告孙夫人曰："备有心腹之言，至此尽当实诉。"夫人曰："丈夫有何言语，实对我说。"玄德曰："昔日吴侯与周瑜同谋，将夫人招嫁刘备，实非为夫人计，乃欲幽困刘备而夺荆州耳。夺了荆州，必将杀备。是以夫人为香饵而钓备也。备不惧万死而来，盖知夫人有男子之胸襟，必能怜备。昨闻吴侯将欲加害，故托荆州有难，以图归计。幸得夫人不弃，同至于此。今吴侯又令人在后追赶，周瑜又使人于前截住，非夫人莫解此祸。如夫人不允，备请死于车前，以报夫人之德。"[3]

刘备这番话说得够漂亮，他先道出了真相，告诉孙夫人你哥哥并不在意你，他不过是在利用你罢了，将孙夫人的娘家人定义成坏家伙。然后告诉孙夫人说，我刘备早就知道这是个圈套，但我还是来了，因为我听说你是个好人，值得冒险，我是真的欣赏你的。然后又夸赞了孙夫人，您老人家是个有情义的，竟然真的愿意跟我去荆州，这一点我没想到，也很感激。告诉孙夫人，你家人不在意你，但我刘备是在意你的，拉近关系。铺垫结束了，才正式说出自己的目的，如今我们走不了了，这事只有你能解决。估计刘备是怕孙夫人不同意吧，最后又加了一层码，这事如果您老人家不管，那我刘备就死在这儿吧。隐含的意思是，你也不愿意丈夫因为你的不帮忙而死去吧！

果然，孙夫人如刘备所料，**“夫人怒曰：‘吾兄既不以我为亲骨肉，我有何面目重相见乎？今日之危，我当自解’”**。[4]

然后，跃马扬鞭，打发了周瑜派出的拦路兵和孙权派出的第一波追兵。

刘备的那一番话，煽动力虽强，但其实也说得过去。那种情境下，言语中带些技巧，是可以接受的。

刘备真正让人不满意的，是他在那一番话之前所透露出的信息：**“备有心腹之言，至此尽当实诉。”**这之后，他也确实说了实话。但在此之前呢？显然刘备并没有说实话，至少说的不全是实话。

其实，夫妻之间有所隐瞒的，不在少数。但以孙夫人对待刘备之真挚，刘备依然对她有所防备，实在是不地道。至少，孙夫人对刘备是一片坦诚的，但刘备做得并不够好。说到底，这刘备是个政治家。

不过，刘备的表现虽有些不尽如人意，也算是不错了。这恐怕是孙夫人唯一值得欣慰的地方吧。

至此，怕是孙夫人必然很伤心吧！

原来，那所谓的兄妹情深都是装出来的，在哥哥心里，自己不过是一颗棋子，有用的时候千般好，一旦成了妨碍，他竟然不惜一刀将自己杀死。

更让她伤心的是，从始至终，自己都没有做过对不起哥哥的事情。嫁给东吴的对手是你孙权的主意，人是你带来的，事情也是你定的。最终你的计策没有实现，却要将我一并杀掉。好一个绝情的哥哥！

孙夫人虽有不下男人的勇武，或许也可以像祝融夫人那般，能上马杀敌，但她说到底不过是一个念亲情、渴望爱情的单纯女人。她的眼中，有的只是亲人间的彼此照顾，爱人间的彼此怜惜。哪会想这些关系后面牵扯多少利益，有多少可利用的部分？

所以，她无法接受哥哥的做法。怕是她的哥哥还会暗自觉得这妹妹不懂事，坏了自己的大计策吧！他从不会想，自己这般的计策其实是在葬送妹妹的整个人生。

如果不是诸葛亮足够聪明，怕孙夫人就被孙权的手下杀掉了吧！

由于诸葛亮及时出现，刘备与孙夫人才算保住了性命。安然抵达荆州。

在荆州的这段时间里，孙夫人的生活应该是比较安稳的，但未必真正幸福，至少，是有缺憾的。

孙夫人的表现一如既往。像很多女人那样，相夫教子，她做得很不错，对继子阿斗很照顾，也取得了阿斗的信任与依赖。这是不容易的，却也说明了孙夫人的性格。她要的只是安稳和幸福的生活。

说有缺憾是因为，真正幸福的婚姻不仅在于夫妻和睦，更是要有彼此家人的认可和祝福。任谁都知道，孙权是不会给予他们祝福的。

孙权眼中只有利益，他才不会顾及妹妹的死活。孙权一直等待干掉刘备的机会。

很快，他就等到了。刘备带兵去了四川。东吴方面觉得，是时候攻打荆州了。他们讨论的是如何拿下荆州，至于那还在荆州的公主下场如何，没人记得，孙权也不记得。

万幸的是，吴国太听到了众人的议论。她是不会弃自己的女儿于不顾的。孙权在吴国太的压力之下，决定先将自己的妹妹接回来，再去攻打荆州。

东吴使用的依然是骗的方式。他们跟孙夫人说吴国太病重，要她回去探视。孙权是不会让自己的妹妹知道真相的，他怕消息泄露。这孙权从没给过妹妹真正的信任。

孙夫人是念情的，念爱情更念亲情。当她听说自己的老母亲病重之后，很是着急，带着刘备的儿子阿斗就上了船，想要去东吴。孙夫人的想法很简单，母亲病重自己必须要去看视，阿斗虽然不是亲生儿子，但自己待他如己出，领着他去看老母亲，母亲肯定会高兴吧。她想不到这背后会有什么利害关系。她只是去尽一个女儿、一个母亲的责任。她的想法很简单，做一个好女儿，做一个好母亲。

别人是不会这么想的。

赵云看出了其中的利害关系，他跳上了孙夫人的船，想要截走阿斗。张飞也看出了其中的利害关系，他帮着赵云，带走了阿斗。

这时候的孙夫人应该更为寒心吧！似乎自己总是得不到信任，哥哥曾狠心要杀她，如今带着自己的儿子回家探望老母，也被人拦下了。她必然理解不了周围人的想法。

其实，她只是一个想过幸福生活的普通女人而已。她的世界很简单，用真情去换真情，可她得到的从来都是被怀疑与被抛弃。她真心对待自己哥哥，结果对方却要杀她，她真心对待刘备的下属，结果得到的却是怀疑……

只因生在帝王家。

她注定得不到自己想要的幸福，因为她太真了，在一个人人都虚假的环境中，真的人是必然会陷入困境的。不过，真的人会让人觉得更加可爱，更有魅力。

孙夫人以自己的真情衬托出了她所处环境的虚伪与狡诈。

回东吴后，再无孙夫人的消息。在那样的环境中，人们在意的从来都是那些政治人物的作为，没人会去关心一个单纯追求幸福生活的女性的死活。哪怕她是一个公主，哪怕她有男儿般的性格与豪情。

许多年以后，刘备与孙权正式成了对手。结果刘备大败，输给了陆逊。人们都传言刘备死了。孙夫人听了消息后，投江自杀，将自己献祭给了爱情。

刘备确实曾经爱过她，也确实在意过她。不过，她走后的日子里，刘备的关注点似乎更多在事业上，而从未表达过对这爱着自己的女人的思念。说到底，刘备是一个政治家。

以有情对无情，那有情者注定被伤害。只是孙夫人不仅被爱情伤害，更被亲情所伤害。

上天给了她地位，却没给她幸福。

注释

［1］引自《三国演义》（人民文学出版社）449页。

［2］引自《三国演义》（人民文学出版社）450页。

［3］引自《三国演义》（人民文学出版社）451页。

［4］引自《三国演义》（人民文学出版社）451页。

人性污名化下，人生很难成全

> 污名化的可怕：就像阿Q对待尼姑那般，提起尼姑的时候总是带上和尚。
> ——期待的那个人

在男强女弱的环境下，人们往往会抵制爱情。表面看这是在禁锢人性，但如果结合历史现实会发现，其实这仅仅是为了禁锢女人。

最初始的婚姻，并非缘于爱情，而是缘于财产。男人有了资产剩余之后，便要解决另一个问题，如何将这资产传承下去。缔结以忠贞为基础的婚姻制度，是最好的办法。

如果没有婚姻，男人无法确认哪个是自己的孩子，有了婚姻之后，这一问题在很大程度上得到了解决。

在科技不发达的年代，将女性束缚在婚姻里，是男人保证自己的资产可以传给自己子女的最有效办法。

这种情况下，男女间的结合，性吸引力就不重要了，家族背景、忠诚度、能否生养等更为重要。

那时候，男人要找的不是懂得爱情的女人，而是能够生养、可以带给自己更多资源、更忠诚的女人。

女人的爱情就这样被禁锢了。当然，相应的男人的爱情也被禁锢了。但世界是男人主导的，他们又发明了纳妾制度，从某种程度上弥补了回来。古时候，男人选妻和妾的标准是截然不同的，娶妻娶德，纳妾纳美。同时，娼妓的存在，也是为了弥补男人被禁锢的爱情。

在这样的环境下，被禁锢的女人比比皆是。

樊氏就是其中之一。

《三国演义》洋洋洒洒百万言，分给樊氏的戏份儿实在少得可怜。全书中她仅露了一面，连句台词都没有。但就是这样一个存在感极弱的女人，却给人以极深的印象。

原因无他，皆因她很特别。特别之处不在于作者说她有倾国倾城的貌，而在其性格。

樊氏是一个丧偶之人，也就是我们平时所说的寡妇。古时候，这个群体是极为凄惨的。

在一个男权社会中，女人没了丈夫，差不多就等于没了依靠，她不再有抵抗外界欺辱的能力了。而这欺辱一般有两个。

一是财产上的争夺。虽然女人嫁进了男家的门，成了男家的人，但男人去世之后，家族中的其他男性极有可能因为觊觎死去的男人留下的财产而将这女人定性为外人，从而达成分割财产的目的。这是极为有效的一种方式。这时候，她很难得到支持和帮助，因为能够给她自家人名分和切实支持的丈夫已经死去了。

第二是来自众人的歧视。男权的社会中，会将一切美好的事物都说成是男人取得的，而出现惨况的时候，则将责任推给女人。很多男人年轻夭折，人们不会说那男人天生体质不佳，反倒会有很多人觉得是他的妻子克夫，导致了这男人的死亡。因此，很大程度上，古人会将一个寡妇定义为不祥之人。就像鲁迅先生笔下的祥林嫂，会有人歧视她，躲着她。

更深度的伤害，还在道德层面。会有一部分人天然邪恶地认为，寡居的女人一定是放荡的，会勾引男人，从而将其污名化。就像阿Q对待尼姑那般，提起尼姑的时候总是带上和尚。另一拨人，则天然认为，寡居的女人要更严格地去遵守妇道。于是，她们需要奉行更严格的道德要求，但又需要接受更多的道德指责。

实在是凄苦。

不过，好在樊氏的境遇要好很多。当然，这也是从樊氏的小叔子赵范口中得出的。他是否在说谎，我们无从判断。那就当他说的是真话吧！

这里简单介绍下赵范。他是桂阳太守，当时赵云领了刘备的命令来攻打桂阳。赵范认真思考了一番，觉得挡不住赵云，于是便开城投降了。跟赵云聊天之际，发现两个人五百年前是一家，于是结拜为兄弟。宴席之间，赵范请出樊氏为赵云敬酒，于是说起了樊氏的事情。

据赵范所说，赵家是极为开明的。他们并没有要求樊氏要严守妇道，一定要终身不嫁，反而有时会劝说樊氏找一个好人家。

但樊氏却给出了自己的标准，赵范说，这标准是这样的：

“第一要文武双全，名闻天下；第二要相貌堂堂，威仪出众；第三要与家兄同姓。”[1]

这三点，兼顾了爱情与道德。前两个是出于情爱的要求，第三个不仅有怀念丈夫的意思，更是能够从某种程度上堵住悠悠众口。

可见，于爱情上，樊氏是有追求的，这一点极为难得。但即便如此，她也要顾及舆论，所以才有那最后一个条件。

樊氏的这三个条件，其实很苛刻。即使是战乱年代，能够满足这三个条件的，怕也不多。而且，即使有也未必就能够如愿相见。可见，其实樊氏知道，自己多半怕是要孤独终身吧！但即便如此，依然坚持这三条。原因无外乎两个。第一是爱情于她来说，极为珍贵，宁可找不到自己满意的从而孤独终身，也不愿胡乱将就。另一个，怕是依然恐惧于流言蜚语。她是有些不敢再嫁的，因为怕别人的口舌，不过赵家开明，躲不过日常的劝诫，于是中间找个平衡，这样既可以给赵家交代，不是我不嫁，而是没有合适的，又能够保住自己的名节，免得再嫁了被外人谈论。

文学的很大一个特点就是向来偶然颇多。人人都觉得樊氏的条件太过苛责，几乎不可能遇到合适的，偏偏作者就给她安排了一个合适的——赵云。赵云完全符合樊氏提出的三个条件。

一个盖世英雄，一个绝色美人，似乎完全可以凑成一对。

于是，赵范有做媒之意，希望赵云能和自己这个寡居的嫂嫂成一段姻缘。

但赵云并不同意，反而很生气，还打了赵范。

“云闻言，大怒而起，厉声曰：‘吾既与汝结为兄弟，汝嫂即吾嫂也，岂可作此乱人伦之事乎？’赵范羞惭满面，答曰：‘我好意相待，如何这般无礼？’遂目视左右，有相害之意。云已觉，一拳打倒赵范，径出府门，上马出城去了。”[2]

赵范恼羞成怒，决定跟赵云较量一番。结果证明，赵范之前的考量是对的，他果然不是赵云的对手，桂阳城，被赵云攻破了，赵范当了俘虏。

见到刘备和诸葛亮之后，赵范讲了整个过程。诸葛亮便问赵云，这是好事，你怎么如此不近人情呢？

“云曰：‘赵范既与某结为兄弟，今若娶其嫂，惹人唾骂，一也；其妇再嫁，使失大节，二也；赵范初降，其心难测，三也。主公新定江汉，枕席未安，云安敢以一妇人而废主公之大事？’玄德曰：‘今日大事已定，与汝娶之，若何？’云曰：‘天下女人不少，但恐名誉不立，何患无妻子乎？’玄德曰：‘子龙真丈夫也。’遂释赵范，仍令为桂阳太守，重赏赵云。”[3]

赵云之话，慷慨激昂，确实有大丈夫风范，绝对符合古人的道德观。但今天的人看来，怕会有些不舒服。赵云一番话，考虑到了道德，考虑到了伦理，也考虑到了利弊得失，唯独没有谈到爱情。在伦理、道德、利弊得失面前，爱情根本不值一提。

当然，同时不值一提的还有那个倾国倾城的樊氏。她德行上有亏吗？半点儿没有。她只是同意了小叔子的安排而已，但赵云却说：“其妇再嫁，使失大节，二也。”可见，那时候，不仅不可以再嫁，哪怕是起了再嫁的念头，也是会遭遇白眼的。

饶是英雄如赵云，一样如此促狭，而且，这恐怕不是赵云个人的问题，而是整个社会的风气问题。因为刘备听了赵云的话后，不仅没说他不懂情趣，反而夸赞说：“子龙真丈夫也。”

事实上，《三国演义》透露出的始终是这种世界观。“忠臣不事二主，烈女不嫁二夫。”

表面上看，是在强调为人要忠义本分，其实另有含义。这种观念的背后，藏着的是臣子是主人的私产，妻子是丈夫的私产。

确实如此。

在这方面，另一个不知名姓的女人更为凄惨。

早年间，刘备曾经落难，身无分文。不过他靠着汉室宗亲的名头，骗了一路，倒也没有挨饿。

某一天，刘备去一户人家那里投宿，接待他的是一个少年猎户，叫作刘安。这刘安早就听过刘备大名，就想好好招待，可巧那天找了很久，也没打到一个猎物。于是，为了所谓的“江湖”与“义气”，刘安杀了自己的妻子，然后拿妻子的肉来招待刘备。

第二天，刘备知道了真相，不胜伤感，却也非常感激。当时，刘备正跟着曹操混呢，平安回去之后，刘备将这件事讲给曹操听。

“又说刘安杀妻为食之事，操乃令孙乾以金百两往赐之。”[4]

没有人觉得这个杀了自己妻子吃肉的男人有问题，反倒都觉得这人够“义气”。怕是这个刘安平日里在乡间也有好名声吧。因为根据书中所写，可以看出，这刘安杀妻子招待刘备并不是因为他生性凉薄，也不是他想讨好刘备，而仅仅是觉得刘备是个英雄，自己不拿出点肉食款待太说不过去。

之所以如此说在于他知道刘备有资源，也知道跟着刘备比继续当一个猎户有前途，但他并没有走，他给出的理由是：**“本欲相随使君，因老母在堂，未敢远行。”**[5]

这刘安，是个大孝子。

这事够奇诡吗？够讽刺吗？

如果把一个女人当成是男人的一件物品，一切就不奇怪了。

这就是当时女性面对的日常环境。

孙夫人幸福过，因为她是一个公主；小乔幸福过，因为她的丈夫是别于常人的周瑜。其他的女人，想要幸福其实很难。

到这里，似乎我们就更理解樊氏为何拿出苛刻到让人怀疑她本不想再嫁人的条件了。那个世道对女人实在太过刻薄，刻薄到让人脊背发凉。

即使丈夫活着又如何？刘安不是一样杀了妻子吗？即使遇到赵

云这般的英雄又如何？他不也歧视一个二婚的女人吗？

那时候，女人获得幸福其实是一种幸运。

不过，樊氏的结果应该不算太坏吧！

这里说的不算太坏不是用今天的标准，而是用那时的标准。刘备最后不仅没有杀掉赵范，依然让他当桂阳太守。这赵范算是开明的人，应该不会责难自己的嫂嫂，也有能力保障她的生活所需。

而且，他们这个阶层的人，至少在其生活地域，也就是桂阳城，应该是不会有什么人会用赵云拒绝了她这事而说她坏话。不是不想，而是那些人未必知道，知道了也未必敢。

但同时，我们也可以推测，有了这一次风波之后。怕樊氏更不想嫁人了吧，恐怕赵范也不会继续劝说她再去寻找幸福了。

樊氏，必然孤独终老。说她结果应该不会太坏，是因为她应该没有物质上的困扰。于爱情，怕她再也不敢追寻了。

樊氏有错吗？当然没有。

她有的只是本可以获得幸福的条件而已，但最终也没能得到幸福。这是命运使然，环境使然。

假如樊氏的丈夫，也就是赵范的哥哥没有死，樊氏应该会有真正的幸福的。

一个女人，有倾国倾城的容貌、洁身自好的操守，结果依然落得如此下场，实在让人唏嘘。

今天，我们自然不需要去面对樊氏的困境。但樊氏的境遇，却可以给我们以启迪。

将自己的幸福捆绑在别人的身上，是一件极不牢靠的事情，哪怕那人是我们的爱人。

人，还是要自强些好，将命运抓在自己的手里，才能获得真正的幸福。将命运托付给运气，结果很可能成为另一个樊氏。强大了自我，必然能够将幸福追到手。依靠别人，只能去被动等待。

樊氏被动，是环境使然，她没有能力去主动。如果今天的人，依然不懂得强大自己，而是一味依赖别人，那就是自我制造的悲剧了。

爱情也好，幸福也罢，是人之所需，也是人之所求。但我们要认识到，不管是爱情还是幸福，都不是凭空来的，需要去争取，去努力。而且，爱情或幸福来了之后，也不会固定在那里，永远不变，还需要我们去努力维护。

这世上没有一劳永逸的事情。爱情也好，幸福也罢，不经过一番努力是没那么容易得到的。

注释

［1］引自《三国演义》（人民文学出版社）429页。

［2］引自《三国演义》（人民文学出版社）429页。

［3］引自《三国演义》（人民文学出版社）430页。

［4］引自《三国演义》（人民文学出版社）162页。

［5］引自《三国演义》（人民文学出版社）162页。

如何嫁给男神

> 爱情从来都不是凭空来的，也不会一直存在。
> ——期待的那个人

东汉初年，有个叫梁鸿的隐士，博学多才，崇尚气节，名气很大，许多人家都想把女儿嫁给他。可这梁鸿极为挑剔，都给回绝了。

梁鸿同乡中有一家姓孟的，有个女儿，粗壮丑陋，力气极大。这女孩三十岁了，依然没有成家，父母为她选了几个婆家，都被她否决了。父母纳罕，问她为何不嫁。她说要找一个像梁鸿一样德行高尚的人。

梁鸿很是欣赏这种态度，便上门提亲。

没多久，孟氏梳妆打扮一番，嫁过去了。结果，一连七日，梁鸿一言不发。孟氏问他为何如此。梁鸿说，他看中的是孟氏的品性，没想到她竟然也跟那些俗人一般，喜欢浓妆艳抹，完全没个劳动人民的形象，他喜欢的是劳动妇女。

孟氏说其实我也不喜梳妆打扮，只是考验你一下而已，适合劳作的衣服早就备下了。说完，换了衣服就去干活儿了。梁鸿终于展露笑颜：“这才是我梁鸿的妻子。”

梁鸿每次归家时，孟氏都备好了食物，将托盘举到与眉毛平齐，请梁鸿进食。二人如此相敬如宾，被传为佳话，还由此衍生出一个成语来，即“举案齐眉”。

其实，在三国中也有类似的一对儿，我以为比之于梁鸿与孟氏要更幸福些。孟氏虽然得偿所愿，但给人感觉姿态过低了些，用今天的眼光看，举案齐眉这种举动，有将自己放置过低的嫌疑。

三国时的那对夫妻就是诸葛亮与他的妻子黄氏。民间传说中，黄氏叫作黄月英，下文便采用这个称呼指代。

诸葛亮与黄月英，像极了梁鸿与孟氏，他们可谓是梁鸿与孟氏的升级版。

诸葛亮跟梁鸿一样，帅而有才，名声在外，是难得的名士，在当时的襄阳一带，诸葛亮属一流的明星。不同的是，不管是后来的事业，还是在历史上的名气和地位，诸葛亮都要大大优于梁鸿。

黄月英的外貌似乎也跟孟氏有一拼，《三国演义》中说黄月英**“貌甚陋”**，也是当时有名的丑女。不过通过记载来看，黄月英的才华是要大大优于孟氏的。孟氏展现出的不过是安贫乐道，肯于吃苦。黄月英就不同了，书中说她**“有奇才：上通天文，下察地理；凡韬略遁甲诸书，无所不晓”**[1]，这已经不是用才女能够描述得了的了，简直堪比国之栋梁。

诸葛亮夫妇结合的方式，也像极了梁鸿与孟氏。

“黄承彦者，高爽开列，为沔南名士，谓诸葛孔明曰：‘闻君择妇；身有丑女，黄头黑色，而才堪相配。’孔明许，即载送之。时人以为笑乐，乡里为之谚曰：‘莫作孔明择妇，正得阿承丑女。’”[2]

过程与梁鸿娶孟氏颇为相似。都是女方虽形貌丑陋但极为倾慕男方的才华，男方为此所动，最终得以结合。

不同的是，诸葛亮的行为似乎理由更充分些，能让更多的人理解。如此说，在于孟氏本身似乎并无特别出挑的特点。如果梁鸿仅仅是看中安于清贫的本性，其实未必非孟氏不可，因为有这种品性的女人比比皆是。而诸葛亮看中的是黄月英的才华，却是到哪里都说得通的。因为黄月英的本事，确实并不是每个人都有，即使是那个人才辈出的年代，黄月英这般优秀的，一样是凤毛麟角。

当然，两对佳人之所以给人如此感觉，或许还有另外一个原因。诸葛亮是中国历史上一个极为重要的人物，因此史书描述他更多些。或许，正是因为记载梁鸿的文字资料没那般多，孟氏身上的很多优点并没有通过史书展现出来。因此，才让人感觉梁鸿二人的结合理由没那般充分。

这里不去探讨此类问题。我们继续来看诸葛亮夫妇。

黄月英能够嫁得如意，原因有二：一是自身实力过硬；二是有识人之能。当然，这两个理由其实也可以归结为一个。即，黄月英依靠自身的其他实力弥补了相貌上的不足。一个长相不佳的人，想要获得更多的竞争力的最好办法，就是努力强大自己，用后天可获得的实力，去弥补先天相貌上的不足。

《三国演义》是写政治和战争的书，是绝对的男人视角。在这部皇皇巨著中，对女人描写很少，而且很多时候有故意物化女性的倾向。少有的几个正面女性角色，要么是已经老到没有任何魅力了，要么就是像孙夫人一样，仅仅是为了衬托男人的优秀。

《三国演义》中，很少有强于男人的女性，尤其是那几个出镜率特别高的男人。但即便如此，作者在提及黄月英的时候，还是写了这样一句话：**“武侯之学，夫人多所赞助焉。”**[3]

鲁迅先生评价《三国演义》的时候说：“状诸葛亮之智而近于妖。”《三国演义》确实是对诸葛亮极为偏爱的，给他加了许多乌有的戏，承认诸葛亮有不及别人处，怕是作者最不愿做的吧。但即便如此，依然给予黄月英极大的肯定，可以从侧面看出这个女人的优秀。

民间传说则更进了一步，提及很多黄月英帮助诸葛亮的细节。比如，诸葛亮之所以能够制造出“神器”木牛流马，就是因为他背后有一个伟大而又充满智慧的女人——黄月英。

黄月英不仅有才华，更有德行。这一点，从她的儿子身上可以看出。

从个人成就的角度讲，诸葛亮是一个成功甚至可称完美的人，但如果从家庭角色来讲，诸葛亮其实未必足够优秀，甚至有可能不及格。不是诸葛亮人有问题，而在于他的身份。诸葛亮的身份注定了他必须将大部分时间用在工作上，而疏于去照料家人。这时候，教育子女的担子自然就落在了黄月英的肩上。

黄月英的教育成果，就是著名的诸葛瞻了。

“及武侯死后，夫人寻逝，临终遗教，惟以忠孝勉其子瞻。”[4]

殷切之心，自不待言。

而诸葛瞻也确实表现优异。那时候，蜀国已经奄奄一息了，伺机投降的不在少数。诸葛瞻明知不可，依然坚持，最终战死沙场。他或许没有其父诸葛亮那样的智慧和能力，却当得起诸葛亮评价自己的那几个字：“鞠躬尽瘁，死而后已。”

这一切，自然在于黄月英的教育。

只有这样的女人，才配得上诸葛亮那样的男人，也只有诸葛亮那样的男人，才配得上这样的女人。

不过，光有才华，一样无用。这世上并非是按照才华自动配对的。两个人结合，需要种种机缘。尤其是初始阶段，涉及很多问题。

黄月英之所以能够跟诸葛亮在一起，就在于她的举动，正好符合诸葛亮平日的性格。

不管是男人找女人，还是女人找男人，都是需要策略的。首先需要一番定位对比。

而这对比，首先要提及的就是家世与相貌。这两样并不是决定性的，但它们是最明显的，是最易见的。才华、能力之类，都需要天长日久才能得以展现，人与人的第一印象，就是穿着打扮与外貌长相。这决定了双方是否会继续接触下去。如果不继续接触，那么一切都是枉然。

因此，当相貌上差异较大的时候，其中一方就要想些非常规方式了。

黄月英在这方面就做得很好，她摸透了诸葛亮的行为方式。

诸葛亮有大才，这样的人跟普通人行事有很大差异，着眼点是不一样的。

诸葛亮的行事特点从他选择主公方面体现得最为明显。

以诸葛亮的能力，其实他有许多选择。他可以北上投奔曹操，也可以南下投奔孙权，这两处都不想去，他还可以就近去投奔刘表。

对于普通人来讲，投奔到这几个地方可能是一件极难的事情，但凭借诸葛亮的名声、人脉与能力，想要到这些地方去谋个差事，其实非常容易。

但诸葛亮没有选择去这几个地方，而是跟了刘备，一个只有些名气却全没半点儿家底的家伙。

这在很多人看来，是不可思议的。一定以为这诸葛亮读书读傻掉了，但其实，这正是诸葛亮的智慧所在。

当时，曹操已经平定了北方，手下人员配备齐整，且大半是有功之臣。诸葛亮此时去，是后来者，没有资历、没有功劳，一切都需要从头开始，难度极大。孙权方面也是如此，孙家在江东已历三世，老臣众多，诸葛亮想要进入权力中心，同样要费一番工夫。而刘表那边，最大的问题就在于刘表没有大的志向和能力，是一个不思进取的家伙。

然而，我们相信这对诸葛亮都不是最大的问题，以诸葛亮的能力和手段，想要混进权力中心，应该是没问题的。诸葛亮想要去这几个地方面临的最大问题是，自我志向不得施展。

不管是曹操处，还是孙权那里，不仅有完备的官员体系，更是有固定的发展方向。即使是诸葛亮，想要去改变一个如此成熟且庞大的体系，也是极有难度的，甚至可以说完全不可能。这便跟诸葛亮的理想发生了冲突。

诸葛亮不仅有大能力，更是有大志向。“隆中对”是诸葛亮为刘备准备的发展策略，同时也是诸葛亮本人对当时世界格局的规划。这不仅是他的智慧，更是他的理想。

这也是他选择刘备的一个重要原因。

当时的刘备，有志向，没实力，最重要的是，他没有体系，没有规划。诸葛亮去刘备那里，很快就可以进入权力中心，然后按照自己的意愿去规划当时的世界格局。

诸葛亮需要一个老板，更需要的是对方重视他，懂他，最大限度地去遵从他的意愿。

这是诸葛亮的要求，也是他性格中极为重要的一部分。于他来说，最重要的是理解与实现。

所以，在事业上，他选择了刘备。这是一个别人恐怕并不看好的选择，但诸葛亮知道这是他内心的选择，他用行动证明了这个选择的正确性。

在婚姻上，他也做了同样的选择，一样不被世人理解，甚至被人调侃。但他知道这是他想要的，他要的不是美女的容颜，而是精神上的支持和理解。这一点，恰恰是黄月英有的，也是黄月英擅长的。

我们相信，黄月英也正是因为看到了诸葛亮的这一点，所以才会主动让自己的父亲去提这件事。否则，以黄月英这种聪慧的人，如果没有足够的把握，是不会贸然去提这件事的。才女多高傲，她们害怕的不是不被世人理解，而是被人轻视与拒绝。

这就是黄月英的聪明处，她知道自己有什么，也知道对方要什么，而且能够成功将自己的所有转化成对方的所要。

因此，丑女黄月英成功嫁给了帅哥。

史书从来都是记载大人物、大事情的，于各路生活琐事，记载不多。因此，诸葛亮和黄月英婚后生活得如何，已不可考。不过，我们可以根据这两个人自身的性格和特点做一个合理的推测。

曾听过这样一段话："爱情从来都不是凭空来的，也不会一直存在。爱情是要经营的，一份爱情可以持续多久，在于身处其中的两个人有多大的经营爱情的能力。"

诸葛亮和黄月英，恰恰都是有能力的人。他们之间注定是幸福的。这一点，似乎从他们的爱情结晶——诸葛瞻身上得到了印证。

一个心理人格健全、勇于在危难之中担起责任的人，他的父母一般不会差。

诸葛瞻出场不多，但着实让人敬佩。他的忠义、果敢与牺牲精神无不体现出其父母对他的精心教育。这些，都是诸葛亮和黄月英幸福生活的见证。

人有不足并不可怕，可怕的是没有一颗提升向上的心。

每个人都有缺点，成功者之所以能够成功，并不一定是改正了自己所有的缺点，往往是用其他方面的优点弥补了这些缺点和不足。

黄月英丑陋，却嫁给了知名的帅哥，就在于她整体实力强过别人。美女比黄月英强的仅有相貌一项，但黄月英比美女强的可不仅仅是一项，简直是全方位碾压。

一个人的成就和所得幸福的多少，一定是和他自身的能力相匹配的。如果能力不足，即使有成就也往往无法维持，因为他本身支撑不起那份成就。当运气的成分消退之后，现实的真面目就会显现，夺走他驾驭不了的部分。

梦想幸福生活是好的。但在做梦的同时，更要懂得去强大自己，让自己配得上那幸福才好。空有幻想，不去努力，幸福不会凭空来到。能获得幸福，从来靠的都是智慧，而不是运气和奇遇。能让运气和奇遇对生活产生质的影响的地方，是在虚构的文学作品中，现实从来都是公平的。

注释

[1] 引自《三国演义》（人民文学出版社）962页。

[2] 引自《三国志·诸葛亮传》裴注引《襄阳记》。

[3] 引自《三国演义》（人民文学出版社）962页。

[4] 引自《三国演义》（人民文学出版社）962页。

Part 3

献祭的妖精，献祭的爱情

仍惦记《大话西游》里，悟空是否和紫霞仙子在一起了？

——期待的那个人

鬼神是从不存在的，鬼神又是切实存在的。

说它们不存在是因为这世上从没有鬼神，说它们存在是因为鬼神确实在人们的头脑当中。

从某种意义上讲，正是因为人们自身不够完美，所以鬼神才会出现。它们是人类完善自己的一个补充。

人类无法掌控世界，于是用这补充去掌控世界；人类不能呼风唤雨，于是让这补充去呼风唤雨；人类无法实现诸多愿望，于是借助这补充去帮助自己实现那愿望……

有朝一日，人类真正完美了，鬼神也会消失吧！

不过，现在鬼神依然没有消失，它还是人们谈论的话题。只是由于社会发展，人们不再那般害怕鬼神的恐怖而已，鬼神妖怪，逐渐由让人恐惧向供人娱乐过渡了。

伟大的《西游记》，是一部写妖魔鬼怪的书，其实也是一部填充人类幻想、为人类走向完美做补充的书。

正因为此，书中的妖精从来都是拟人化的，她们有人形、讲人言，也信奉人世间的法则。

说到底，妖精不过是一群长相不同的人类。

她们的情感就是我们的情感，她们的需求也是我们的需求，她们的梦想，同样是我们的梦想。

不同的是，妖精虽然法力广大，但要受人支配。补充本身就是虚拟化、幻想化的。于是，妖精便有了另一个特性，她们有人类的情感，展现的却是人类不常展现的那一部分。这正是幻想的特性。

之所以妖精个个美艳异常，是因为这世上美人没那么普及；之所以妖精中常有主动投怀送抱的，是因为这世上的女人都有属于自己的坚持和矜持……

妖精身上折射出的，是人类希望的情感。于男权社会中，妖精身上折射出的，是男人希望女人拥有的特性和情感。

这时候，妖精被异化了，成了男人幻想中的女人。

于是，唐僧这老和尚不断遭遇桃花运，诸多美人不惜身死灯灭也要跟他成就佳侣。

现实中，这类女人极少，但男人希望这类女人极多，于是只好由神话故事来弥补这一不足。

异化的女性，带来的必然是异化的爱情。

那爱情不是两情相悦，而是妖精献给唐僧的礼物，也是男人梦想中女人应该献给他们的礼物。

当爱情只偏向一方的时候，平等便成了稀缺品。男人深度幻想中的爱情，从来不是互相扶持，而是对方无私地服侍自己。

这时候，女人会完全失去自主性，变成男人的用人。

现实中，自然少有此类，但担当补充角色的妖精，却几乎个个如此。

从某种程度上说，妖精就是拿来献祭的，她们的爱情也是。

这是男人一厢情愿中爱情的模样。

《西游记》中，几乎都是这种爱情。读懂了这本书中的女人，也就读懂了男人的心。

多情总被无情恼

> 不要被童话骗了：唐僧并不是一个完全的老实人，他腹黑得很。
>
> ——期待的那个人

其实，唐僧是有妻子的。

在很多读者心中，唐僧是个老实到有些怯懦的家伙，胆小怕事，全没半点儿能力。他之所以能够成事，在于其有两个优点，诚心向佛与意志坚定。其实这是误解，这误解来自电视剧对唐僧的刻画。

如果仔细阅读《西游记》，就会发现，其实这唐僧并不是一个完全的老实人，他腹黑得很。

唐僧在取经路上是娶过亲的，当然，准确地说是骗过婚的。

取经队伍行走至西梁国界的时候，遇到了前所未有的麻烦。唐僧和猪八戒因为喝了子母河的水，怀孕了。

对于一个一心向佛、不畏艰苦去西天取经的和尚来说，这实在是个大麻烦。好在他们很快就遇到了当地人家，对方告诉了他们解决的方法。虽经一番波折，却也无虞。

同时，那家人也为唐僧介绍了西梁国的风俗。

这里全是女人，准确地说全是情爱欲望无处宣泄的女人。唐僧一行人来到这里，怕是要遇到点麻烦了。

其实，对于普通男子来说，不能算麻烦，反倒可以算是幸运。众美环绕，没有比这更能让一个男人感到幸福的了。可是，唐僧一行偏偏都是和尚，于色上，是半点儿沾不得的。

唐僧不想沾色，并不等于色不想沾唐僧。

唐僧刚进城，就被人瞄上了。西梁女儿国的国王看上了唐僧，想要嫁给他。不过唐僧并无意留在这里。

妾有情，郎却无意。

爱情从来都是两个人的事，一个有情，一个无意，即使在一起了那也不叫真挚的爱情。不是两情相悦的结合，是很难产生最愉悦的共鸣的。奇妙的地方在于，婚姻却并不存在这个问题。没有真挚爱情的婚姻，一样可以幸福。

之所以如此，在于两者的本质不同。爱情是一种情感上的冲动，婚姻则是一种文化上的选择。爱情是精神上的，婚姻是生活中的。精神上的享受是可以抛开一切的，这就是爱情的伟大处，也是爱情的美妙所在，即使它全无支撑，完全飘在云端，身处其中的人一样可以快乐无比。但婚姻不同，它必须要建立在日常生活之上，是要有现实支撑的。如果没有这个支撑，那么婚姻就会出现问题。精神上的共鸣需要两个人在同一频道且一样虔诚，生活上的扶持则没那般苛刻，只要不是彼此无法忍受对方，又有一定的互补需要，就可以很好地走下去。

从这个角度讲，虽然女王有情，唐僧无意，但两个人若是结合，未必就不幸福。

现实也确实支持这个观点。

从情爱的角度讲，男女的结合无外乎以下几种情况。

一、两个人彼此相爱。

二、一方有情，一方无意。

三、两个人之间根本没有爱情，或说没有明确的、强烈的爱情，不过是因为都觉得自己应该有个家了，然后彼此结合。

人们常有一个误解，普遍认为第一种情况最完美，第二种次之，第三种完全不可忍受。

但学者们通过大量的调查发现，其实第三种结合，幸福感最强，婚姻也最为稳固。

这跟人们的日常认知不符，却是现实。很多时候，现实都是反“常识”的。

之所以如此，在于几种结合的本质不同，也在于选择每种结合方式的人的性格与追求不同。

第一种多是感性的人，强调感觉，有一定的圆满情结。他们有强烈的精神需求，尤其是在爱情上，容不得半点儿瑕疵。他们看重的，是轰轰烈烈，是精精彩彩，于平淡，完全无法忍受。爱情刚来的时候，是可以满足他们的需求的，但爱情那种潮水般的特性——来得异常猛烈，去得迅速决绝——给他们带来了诸多麻烦。当初始的汹涌澎湃过后，进入到情爱的平淡期时，他们不会认为这是爱情的必经过程，而会深度怀疑是爱情消失了。于是不满开始滋生，矛盾开始泛滥。人们常说“秀恩爱死得快”，怕也有这方面的原因。当把那最初始的激情当成一切时，平淡来临的时候，也正是失落来临的时候。

这种情况下，不是爱情消失了，而是当事双方无法接受爱情的第二个阶段，他们天然地认为，平淡的爱情根本不是爱情，但问题是，爱情必须要经历平淡。

这是第一种人的困境。

第二种结合的困境在于，有一方永远都是不得满足的。他会认为自己吃了亏，觉得自己是在将就，甚至是在忍受。不管是婚姻也好，合作也罢，如果有一方抱着将就的心，那么一定会出现问题。而且，这种时时刻刻觉得自己在对付的心态，会加强他对这种结合的不满，不满终究有一天会爆发出来。这是第二种结合的隐患。

第三种结合最为稳固，其实并不能说明爱情本身不能带来幸福。我觉得，它能证明的事实是，那些懵懂的人，或许更容易满足。他们对爱情没有太多幻想，他们对生活也无过分要求，于是，他们很容易得到满足。得到满足的人，是不可能不幸福的。

不是爱情出了问题，问题的根本还在人。

女儿国国王的悲剧就在于，遇人不淑。唐僧从始至终都没有半点儿想要留下的想法。听到求亲之后，唐僧先是“**低头不语**”，后来“**越加痴哑**”[1]。完全一副愁苦模样。

他愁的不是没法在女王和佛祖之间做一个选择，而是愁拒绝了女王便不能倒换关文，也便去不了西天了。

当孙悟空帮唐僧想出主意，可以让他安然脱身之后，唐僧的表现是：“**三藏闻言，如醉方醒，似梦初觉，乐以忘忧，称谢不尽。**”[2]完全一副兴高采烈的样子。

如果唐僧真的对女王有那么丁点儿意思，这时候，唐僧的反应应该是高兴中带有一点儿遗憾和不舍。但他全然没有遗憾，只能说唐僧从没想过要留下来。

至此，取经队伍已经定好了计策，假装答应让唐僧跟女王成亲，骗她倒换关文之后，直接跑路。

这跟如今那些打着要跟对方结婚的名义，实则骗了对方钱财就跑的人渣有区别吗?

读者不觉得有问题，不过是我们天然地站在唐僧的角度考虑问题罢了。于唐僧来说，女王不给倒换关文是个麻烦，会影响到他的行进。可是，如果从女王的角度考虑呢？她有义务一定要帮助唐僧吗？根本没有，帮是情分，不帮也完全没有问题。她不欠唐僧的，反倒是如果帮了，唐僧便欠她一个人情。人们觉得唐僧的行为没有问题，是因为我们自动代入了唐僧的角色，因此潜意识里不希望他遇到半点儿麻烦，希望每个遇见他的人都能够给予无私的帮助。但其实，那些人并没有相应的义务。

而且，这里还有最大的一个问题。如果唐僧不答应女王的婚事，女王就一定不给他们倒换关文吗？怕是未必，书中女王一方并未以此威胁过。所谓的不答应就过不了关、拿不到关文，不过是唐僧等人的臆想罢了。他们潜意识里将女王想象成了一个得不到满足便会刁难对方的形象。但其实，并没有证据显示女王是这样一个人。

向来善意揣度一切的取经人，面对女王的时候，却下意识地将对方想象成了一个“恶”人。实在讽刺。

取经队伍已经准备好了“圈套”，只等那“恶”人“就范”了。

此时，女王还完全没有察觉，她依然深陷在爱情的憧憬中，想象着以后的美好生活。全然不知自己遇到了一伙“骗子”。

就这样，一方坦诚无欺，一方心怀诡计。

两方的合作开始了。

说唐僧是娶过妻的，不是因为唐僧假意答应了对方的请求，而是双方举行了仪式，摆了喜宴。

古时候，并没有婚姻登记制度，为婚姻提供保障的更多时候不是法律，而是约定俗成的乡规与社会舆论的监督。其最重要的一点，就是结婚仪式的达成，也就是举办婚礼。

其实，现在很多地方依然有类似规矩的遗存。在一些农村地区，年轻男女正式成为夫妻并不是从他们登记时开始，而是从举办婚礼时开始。有些地方，即使没有登记，但只要举办过婚礼，那么在人们眼中二人就已经是正式夫妻，可以生活在一起了。

婚礼的目的从来不是招来亲朋热闹一番，给一对新人以祝福，而是招来亲朋做个见证。如果用企业间的合作做个类比，那么在婚姻中，媒妁就相当于保人，参加婚礼的则是见证人，是为了保障这合作的，是想用悠悠众口来增加违约成本的。热闹与祝福不过是附加价值而已。

古时候两个人的结合程序很复杂，不过其中的关键点就是父母之命、媒妁之言与婚礼上众亲朋的见证。这几点唐僧与女王的结合都不缺。两个人都已无父母，这时二人均表示同意，也就有了基础，女儿国太师是媒妁，孙悟空师兄弟三人和西梁城的百姓是见证。二人的结合合理合法，完全成立。从名义上讲，办过喜宴之后，女儿国国王就是唐僧的妻子了。这完全符合当时的规矩。在这里，二人是否圆房并不重要。

有如此保障，女儿国国王自然放心，于是为孙悟空他们换了通关文牒。这下彼此都是一家人了，自然要出城相送，以示情义。

她怎么也想不到，她将要送走的不是夫君的徒弟，而是夫君本人。

是女儿国国王太过蠢傻，太过一厢情愿吗？当然不是。

她之所以被伤害，就是因为太过善良，不知人心险恶。取经团队第一时间将女王想象成了坏人，于是心安理得用计策对付她。女王则始终将这几个原本不认识的人想象成了好人，因此完全不设防。女王这般想当然不是蠢。大唐国国王御弟、西天佛祖钦定取经人、一个虔诚的佛教徒、一个不畏艰险也要西去的取经人，也会骗人吗？

觉得他们不会骗人的才是正常人，觉得这样的人也需要防备的才是非正常的。

但就是这在谁眼里也不会撒谎的家伙，竟然设计了计策，欺骗了别人的感情。

被唐僧伤害的，不仅有女王的个人感情，还有大唐王朝的信誉、佛祖的信誉、佛教徒的信誉。之所以如此说，是在于经过这一事件之后，怕是整个西梁女儿国都不会再对大唐王朝、西天佛祖以及虔诚的佛教徒有太好的印象了。

这跟婚礼上邀来亲朋见证的道理是一样的。用舆论来牵掣一个人的行为，让他违约的时候付出一定的代价。

从这个角度上讲，如果两个人确立了亲密关系，但一方始终不想将对方带到自己的家人和朋友身旁，不愿将两个人的关系公开示众，那么，他一定是心里另有打算。他最后未必会真的转身离去，但在这个阶段，他一定是有随时离去的打算的。正因为有这个打算，所以不愿接受舆论监督，不愿付出被品评的代价。

如果对方一直刻意隐瞒你们之间的亲密关系，那么要记住，不管他给出什么样的借口都是假的，其真正的目的就是打算随时转身离去。

我们继续回到唐僧与女王这里。其实，唐僧之前的表现是可以看出他并不喜欢女王的，只不过女王从不认识唐僧，无法从他的行为中读出其真正意图罢了。读者从上帝视角可以看出唐僧行为中的矛盾来。

只见那女王走近前来，一把扯住三藏，俏语娇声，叫道："御弟哥哥，请上龙车，和我同上金銮宝殿，匹配夫妇去来。"这长老战兢兢立站不住，似醉如痴。行者在侧教道："师父不必太谦，请共师娘上辇，快快倒换关文，等我们取经去罢。"长老不敢回言，把行者抹了两抹，止不住落下泪来，行者道："师父切莫烦恼，这般富贵，不受用还待怎么哩？"三藏没及奈何，只得依从，揩了眼泪，强整欢容，移步近前，与女主一同携素手，共坐龙车。那女主喜滋滋欲配夫妻，这长老忧惶惶只思拜佛。[3]

这唐僧，处处显现出紧张与无措。女王从来不了解唐僧，大概以为他刚刚转换身份有些不适应吧！其实不是，不过是从来没骗过人，过程中太过紧张而已。唐僧见了女人并不是天然紧张的，而是从容得紧，甚至让人怀疑这老和尚似乎动了凡心了。

"三打白骨精"一章中，白骨精化作少女与唐僧第一次见面的时候，唐僧的表现是这样的：

三藏一见，连忙跳起身来，合掌当胸道："女菩萨，你府上在何处住？是甚人家？有甚愿心，来此斋僧？"[4]

这可是个怕见女人的形象？实在话痨得紧，全没半点儿紧张可言。

唐僧前后行为差异如此之大，不是女王不如那白骨精漂亮，而是唐僧虽然在女王事件中表现"龌龊"，但其实平时很少说谎，因此不适应，内心紧张。

女王自然是发现不了的，一是不了解唐僧为人；二是她依然沉浸在幸福的幻想当中。

很快，女王的幻想就被打破了。唐僧真的要走了。

告别时，唐僧很得意：**长老慢下龙车，对女王拱手道：“陛下请回，让贫僧取经去也。”**[5]

唐僧没有行佛礼，而是用世俗之礼，跟女王拱手道别。

这哪是一个得道高僧的形象？分明是一个骗到别人后，在那里炫耀自己智商的小混混的样子。

唐僧在女儿国这一章的表现，实在不堪。只是可怜了那女王，一片真心，竟然付给了这等骗子。

结尾时，唐僧没有一点儿愧疚之心，全无负担。怕不仅是因为骄傲于自己骗人成功，得意忘了形，更是因为觉得自己是出于对佛的虔诚心而不得不出此下策吧。他应该是觉得自己的追求是崇高的，所以实现追求的时候即使要点手段也无伤大雅，因此完全没有犯了诳戒的惶恐。不是向女王道歉，自己不该骗人，而是一副骄傲得意的嘴脸，显示自己的聪明。

问题是，女王何时胁迫过你？你的目的崇高就可以戏耍一个毫不相干的人吗？

这一回里的唐僧，确实不堪。

他的不堪不仅在于辜负了美人恩，更在于全无一点儿大师的风范。

看人要看准，千万不要被表象迷惑了眼，落得像女王一样，被人骗了还得不到半点儿同情和歉意。

两个人的事，需要两个人都点头才可以，擅自决定，必然会遭遇麻烦。人生在世，切忌“把别人的事当成自己的事，把自己的事当成大家的事”，这样或许显得一个人热心肠，但往往因为没守住交往边界从而制造出麻烦和不快来。

注释

［1］引自《西游记》（人民文学出版社）667页。

［2］引自《西游记》（人民文学出版社）669页。

［3］引自《西游记》（人民文学出版社）671页。

［4］引自《西游记》（人民文学出版社）329页。

［5］引自《西游记》（人民文学出版社）674页。

奋斗抵不过命运的安排

> 被人胁迫时放弃，是一种怯懦；发现无希望时放弃，则是一种智慧。
>
> ——期待的那个人

“善恶终有报，天道好轮回。不信抬头看，苍天饶过谁？”

这话放在唐僧身上实在精准不过。

话说唐僧诳了女儿国国王之后，正在那里拱手告别，炫耀智商，突然就一阵风，被掳走了。

这画面实在喜感，一个白白净净的得道高僧，全没慈眉善目的样子，而是一副流氓式的嘚瑟嘴脸，正吹嘘到高潮处，突然就被劫了。这脸被打得有点儿疼。

事实上，《西游记》中很多此类带有幽默元素的桥段，这也是这本书的一大特点。囿于篇幅，这里就不多介绍了。

给唐僧以“报应”的，不是老天，也不是佛祖，而是一个妖精。她掳走唐僧也不是要惩罚他欺骗了别人，犯了诳戒，而是要跟他成亲的。

这类情节，如果发生在《聊斋志异》中，可能是喜剧，妖精主动找到穷苦书生，给他爱情，给他钱财，助他成功，待他功成名就之后，妖精一去不返，从此消失，任他一人在人间幸福地生活。

但这是《西游记》。

两者最大的不同是，《聊斋志异》中的男主多半需要妖精的帮助，而我们的唐僧师父，则是要处处防备妖精的。

这一次，于唐僧来说依然是麻烦。而且，这麻烦比较大。

麻烦大的原因是这妖怪本领大。唐僧的安全来自孙悟空和猪八戒的战斗力。沙僧虽然也有本事，却很少出力，更多的时候不过是看看行李、跟着走路而已。人们都以为这沙僧是个老实厚道人，其实不然。这也是被电视剧《西游记》误导了。沙僧这人，其实很奸猾。电视剧中，沙僧整天挑着担，可是出了许多力，但原著里没有，原著里挑担的多是猪八戒。沙僧是不怎么干活儿的，也不怎么打妖怪。

由于沙僧的“偷懒”，保护唐僧的担子基本在孙悟空和猪八戒身上，其中，孙悟空是绝对的主力。

不过这一次却遇到了大麻烦，孙悟空和猪八戒联手都斗不过那妖精。

《西游记》中，有此等战斗力的妖精是极为罕见的。孙悟空确实在许多妖怪那里吃过瘪，甚至被捉住过许多次，但基本是奈何不了对方的法宝，或者像大鹏精那种，速度比孙悟空快。单纯打斗上，胜过孙悟空的其实不多，何况当时猪八戒也在助力。这妖精本领高到什么程度呢？

灭妖的过程中，观音菩萨曾经过来指点，她说：**“他前者在雷音寺听佛谈经，如来见了，不合用手推他一把，他就转过钩子，把如来左手中拇指上紥了一下，如来也疼难禁，即着金刚拿他，他却在这里……我也是近他不得。”**[1]

这妖精曾经伤过如来，如来派金刚拿她，但她依然在此逍遥，就连观音菩萨这种大法力的也近她不得。莫说妖界，即使算上神界，能做到这种程度的也不多见，可见这妖精本领有多高!

这并不是一本介绍妖精战斗力的书，但依然在此用大篇幅介绍这妖精的本领，原因在于，从某种程度上，本领可以反映一个妖精的性格，尤其是结合着蝎子精的经历，更能体现出其性格特点。

《西游记》中，各路神仙鬼怪的战斗力，基本与努力程度相关，只有孙悟空是个例外。像猪八戒、沙僧等，都是经过千万年的苦修才习得本事，最后位列仙班的。

从这个角度讲，蝎子精可谓是奋斗的典范。事实上也确实如此。她不仅努力，而且知道怎样才能够让自己的效率达到最高。

猪八戒在介绍自己的成长历程时曾说：

“忽然闲里遇真仙，就把寒温坐下说。劝我回心莫堕凡，伤生造下无边孽。有朝大限命终时，八难三途悔不喋。听言意转要修行，闻语心回求妙诀。有缘立地拜为师，指示天关并地阙。得传九转大还丹，工夫昼夜无时辍。”[2]

最后能够得以成仙的，大多有类似猪八戒的经历，曾经受过高人的指点。那些没有高人指点只知道自己苦练的，多半成不了气候。这是妖怪的常态，一味闭门苦修，运气好的碰到高人指点，成就功果。

蝎子精显然比其他人更为聪明，她自身没有奇遇，却懂得去蹭奇遇。她知道如来有大法力，便潜去那里偷听佛法，帮助自己修炼。单凭这一份主动的性格和精准的定位，蝎子精就已经超过了绝大多数妖怪。

蝎子精是一个有明确目标，又懂得如何实现目标的聪明妖精。

由其生命轨迹，我们可以看出，她的目标是首先强大自己，拥有了实力之后便去追求幸福。去如来那里偷师是强大自己的过程，劫掠唐僧则是为了生活幸福。

目标明确，路径清晰。她几乎就要成功了。

之所以没能够成功，一是运气不好，爱上了一个不该爱的人；二是本身性格有问题。

蝎子精显然是那种跋扈、控制欲强、不肯低头的性格。她很偏执。这也是她悲剧的成因之一。所谓性格决定命运，即是此类。

一般来讲，去别人那里偷艺，被发现后第一反应肯定是羞赧，然后逃走。蝎子精却不然，如来推了她一下，她竟然伤了如来。可见其极为敏感，自尊心强，受不得半点儿质疑和否定，哪怕她原本就没道理。

这种人控制欲也必然极强。她会很自我，凡事都按照自己的意愿来，看不到别人的需求和想法。

然而，蝎子精可贵的是，于她自己喜欢和追求的事物，她是愿意给出自由度和关照的，也会给予一定的尊重。之所以如此，应该是她本身有圆满情结，乐于去追求完美。

在与唐僧的“调笑”中，蝎子精提及唐僧曾喝过子母河水的事情。这件事发生在唐僧到西梁女儿国之前，可见蝎子精早就注意到唐僧了，她一直在跟踪并观察唐僧。

极度强势的人，碰到自己喜欢的人或事物，在意的仅仅是得到，至于得到之后是否能够获得完美的享受和体验，是不怎么在意的。蝎子精显然不同，她在意这点。

正因为如此，她才会去考察唐僧。她需要知道，将自己看上的这个人弄到手之后，是否合得来，是否会幸福。

这一点折射出的是蝎子精追求完美的特性。

事实上，蝎子精在这一点的表现上，是极为出色的。

她将唐僧掳进自己的洞府后，并没有急着强迫唐僧和自己成其好事，而是先进行了一番“调笑”和试探。一是在确认唐僧的态度；二是培养彼此的感觉和感情。

蝎子精显然是追求生活情趣和情调的，她不仅要得到自己喜欢的人，还要得到自己所爱的人的全部身心。

然而，人的耐心总是有限的，当好事被孙悟空打扰，又跟孙悟空、猪八戒打了一架，再被唐僧拒绝了半宿之后，她终于爆发了。捆了唐僧，放到了后院。

然而，一觉醒来，蝎子精又心软了。

“妖精虽是下狠，却还有流连不舍之意，一觉翻身，只听见‘取经去也’一句，他就滚下床来，厉声高叫道：‘好夫妻不做，却取什么经去！’”[3]

她依然对唐僧抱有幻想。

可见，这蝎子精确实是喜欢唐僧的。

然而，她遇到的问题跟女儿国国王一样，唐僧对她根本无意。

在“女儿国国王”一节中，曾经说到男女结合的三种常见情况。这蝎子精与唐僧显然也是第二种，一个有情，一个无意。

这种情况下，想要关系得以成立并能够维系，一般只有一种可能，即那无意者可以从那有情的身上得到情爱之外的满足，比如物质、权势、资源，甚至可以是无微不至的关心和照顾。

这些，蝎子精是有的，她是妖精，且是本领极强的妖精，钱财、权势等都可以得到，她也愿意给唐僧以照顾和关心。但问题是，这些唐僧都不需要，唐僧需要的是一个佛祖，蝎子精又偏偏给不出这个佛祖。

所以，蝎子精注定空欢喜一场。她爱上了不该去爱的男人。

当对方无法从你身上得到的时候，你们注定无缘。这得到的东西有很多，最为人们称颂的是爱情，其他如物质和关照等也都能被人们接受。但当这些都不存在的时候，关系也就注定不存在了。

因此，当想要跟一个人建立一种亲密关系的时候，一定要先进行一番自我审视。我们所能给的是什么，我们所能够给的是否是对方想要的。

如果除了一厢情愿的爱之外，任何东西都无法给予对方，那么要么放弃，要么去努力提高自己，获取可以给予的东西。任何东西（包括对方渴求的爱情方式）都给不出的时候，还幻想着得到对方，注定会落得伤心一场。

当我们所能给出的并不是对方想要的时候，也要重新进行自我审视，否则，同样会一场空。

蝎子精和女儿国国王的遭遇都是此类，她们所有的并不是爱人所要的，因此，注定无果。

不同的是，蝎子精更让人觉得可怜了些。

她的可怜处在于，她一直在为这幸福准备着，待到都准备齐整之后，才发现，原来自己走错了方向。

这是人生的最大悲剧。一直在为一个目标努力奋斗，可等到目标达成的时候才发现，那目标竟然不是自己真正喜欢的，只是先前觉得自己会喜欢。

蝎子精努力多年，她修炼、她偷艺、她等待，最终练就了一番本事，提高了自己的竞争力。但她拥有的，全部都是世俗男人所喜欢的。她可以给予自己的男人安全，可以用法术让对方为所欲为，也愿意给予对方无微不至的照顾。这些，是世俗男人所需的。她全都有了。

可是，当她真正准备好这些之后，喜欢上的竟然不是那些世俗男人，而是爱上了唐僧，一个虔诚的老和尚。

唐僧偏偏不在意这些。

于是，于爱情上，蝎子精突然又回到了原点。她还是只有一条路可走，就是用强力强迫对方。她所准备的那些条件，全都无用，等于没有。

蝎子精必然生气，必然愤怒，然而她这次碰上的是硬茬儿。唐僧身边站着孙悟空和猪八戒，这些人可不是好相与的。此时，蝎子精多年的努力才算有了些许用处，她用自己偷学来的本领暂时阻住了二人。

但是，更大的挑战还在等着她。

唐僧不仅身边站着护卫，身后还跟着后台。唐僧的后台是如来，通过如来的关系，他可以调动几乎整个仙界的资源。

以蝎子精的聪慧，她应该能想象得到，自己的理想落空了。这男人并不爱自己，自己从他身上得不到日夜梦想的那种完美的爱与生活。而且，这男人背后还隐藏着危险，那危险就在门外，是两个丑陋的家伙，一个毛脸雷公嘴，一个大耳蠢夯货。

若是务实的人，蝎子精应该知道，此时最佳的选择是放弃。但其性格决定了，她是不会放弃的。蝎子精身上的那种敏感、跋扈，此时暴露无遗。

你们不让我得到，我就偏偏要得到。哪怕明知道得到后也不会有想象中的幸福，一样要坚持到底。

她的这份敏感，最终害了她。

观音菩萨适时出现了，她给孙悟空指了条明路，孙悟空请来了蝎子精的天敌，昴日星官。

一个女中豪杰，从此彻底消失，这世上再不会有她的消息了。

不仅人对抗不了命运，蝎子精这种妖中的精英，一样败在了命运手里。

蝎子精依然是可敬的，至少她努力过、争取过。明知不可而为之，本身就是一种魅力。与命运抗争不仅是一种态度，也是展现和强大自我的过程。

这些，都是人们应该向蝎子精学习的地方。要有明确的目标，更要知道如何去实现这个目标。

蝎子精命运悲剧的根源，则是要努力去避免的。

要知道，什么是我们真正想要的。人们常会有一种下意识的认识偏差，觉得别人羡慕和渴望的，就是我们所喜欢的。其实不然。我们追求别人羡慕的东西，不过是渴望获得别人关注和认可的心理在作怪，并不是我们真的需要那样东西。

比如，人们都对有钱人评价颇高，于是便有人开始疯狂追逐钱财，为了这个目的，做了太多自己本不愿做的事情，忍受了太多自己本不该去忍受的折磨与痛苦。最终他确实达到了目的。但此时回首，他会发现自己错过了太多，那些本应该去疯狂、去获取自由的年纪，他却一直苦巴巴地熬着，现在想再去疯狂，再去自由行事，已经没有机会了。

这样的人就属于追求错位者。他们不明白，自己真正想要的不是钱财，而仅仅是别人认可、尊重和羡慕的眼光。他们也不知道，这种认可、尊重和羡慕也是可以通过其他渠道获得的。人们会羡慕有钱人，其实是不只会羡慕有钱人。经济上能够达到自足，没有捉襟见肘的困扰，然后在艺术等领域获得成就，一样可以得到足够的认可、尊重和羡慕。而且，在这个过程中，可以获得更多的精神享受。

这就属于走错了方向的。

蝎子精的另外一个问题，是不懂得让自己的理想拐个弯。她太过执拗了。

坚持是一种品质，放弃有时也是一种智慧。

一个真正聪慧且性格健康的人。一定是哪怕有一丝希望时也不放弃，但明确知道不行的时候则决然离开。蝎子精的问题在于，有希望时足够努力了，也取得了效果。但发现路走错了的时候没有及时停止，没有马上止损。最终落得身死希望灭。

被人胁迫时放弃，是一种怯懦；发现无希望时放弃，则是一种智慧。

“执拗”是一个“双性”词，可褒可贬。当目标正确时，执拗些是好事；当目标错误时，执拗就是坏事了。在施展自己的执拗之前，最好抬头看看那目标是否真实。

注释

［1］引自《西游记》（人民文学出版社）684页。

［2］引自《西游记》（人民文学出版社）228页。

［3］引自《西游记》（人民文学出版社）682页。

经典“攻心术”

> 攻心术：师父啊，你放着活人的性命还不救，昧心拜佛取何经？
>
> ——期待的那个人

人们有一个惯常思维，常以动机论英雄。两个人做了同样的事，如果动机不同，往往就会导致人们对其评价不同。

比如，同样是阻止一对青年男女恋爱。如果是老师和家长，就会获得很多同情与理解，觉得他们是在为孩子着想，若是对其一方有意的同班同学，人们就会骂这人是个坏家伙，不地道。

手段是一样的，目的是一样的，仅仅是动机上有差别，评价便会截然不同。人们会给予那动机纯正的或符合人们期望的以同情、理解甚至支持。而对于那些在人们看来动机有问题的，则多会给予谴责。

这是人之常情。

所以做了同样事情的不同人，常会获得不同的评价。

都是想跟唐僧成亲，女儿国国王、蝎子精与本节的主角老鼠精，所获得的评价就截然不同。

人们会为女儿国国王感到惋惜，因为其从动机上讲，是为了爱情，从手段上讲，没有任何胁迫，反倒是被唐僧摆了一道。

于蝎子精，怕也有人不喜欢，不过不喜欢的从来是她的性格与手段，她太过霸道与跋扈了。于其目的与动机上，人们依然会给予其同情，甚至觉得惋惜。

而老鼠精则完全不同，怕是少有人会去正面评价她。

一是其手段不仅霸道，简直残忍，过程中杀害了诸多小和尚，其目的也并不单纯，她想得到唐僧不是为了爱情，而是仅仅出于赤裸的欲望。

“那唐僧乃童身修行，一点元阳未泄，正欲拿他去配合，成太乙金仙。”[1]

老鼠精并不爱唐僧的人，只爱他的身体。其实，严格来说，老鼠精也不爱唐僧的身体，她只是想要唐僧的身体。她不是因为看唐僧长得帅才青睐于他，而是唐僧的身体可用，可以助她成仙。仅此而已。

在女儿国国王和蝎子精的眼中，唐僧是一个极佳的伴侣，但在老鼠精眼中，唐僧不过是一个工具。前两个要的是与唐僧携手终老，老鼠精要的是榨干唐僧的价值。

从动机上，老鼠精已落了下乘。

于手段上，老鼠精却高明得多。

这似乎也是人间常态，那些纯粹的坏人，好像于手段上都要更加高明一些。而且，坏人似乎也往往都更努力些，至少这目的不纯的老鼠精是比其他几个准备更充分、计划更周密的。

女儿国国王根本不了解唐僧，只知道他是唐王御弟，于身份上配得上自己，就提亲了。蝎子精更精细些，事前对唐僧进行了一段时间的跟踪、考察，算是有些准备，不过最后依然是靠强抢将唐僧弄走了，于如何得到唐僧的心方面，她也偷懒了。

而这老鼠精，不仅事前经过调查，手段也更加巧妙和精细。

“几年家闻人说孙悟空神通广大，今日见他，果然话不虚传……不知被此猴识破吾法，将他救去了。”[2]

可见，这老鼠精事先是对取经队伍进行过了解的，至少有个大概的概念。对于夺取唐僧的最大障碍孙悟空，她是有所耳闻的。或许正是这个原因，她最开始的时候没有强抢，而是用了计策。

她的计策也颇为巧妙，完全利用了唐僧的弱点。

老鼠精化作一个受难的女人，说遇到了强盗，被绑缚在这里了。关于强盗为什么没有杀她，也没有将她掳回老巢，她给出了一番解释：

“大大王要做夫人。二大王要做妻室，第三第四个都爱我美色。七八十家一齐争吵，大家都不忿气，所以把奴奴绑在林间，众强人散盘而去。”[3]

这个解释，还是具有一定的说服力的。说明她着实准备了，全不是没半点儿重视的样子。

不过，她还是低估了孙悟空的本事，她这一番谎言，骗过了唐僧，却没骗过孙悟空。在孙悟空的撺掇下，唐僧没救她，直接走了。

不过这老鼠精实在厉害。她马上就想出了更为巧妙的计策——攻心术。

人都有一个弱点，受不了在自己最在意的事情或理念上被否定。就像对于一个善良的人，说他做了坏事或者说他假善良，这是他最不能忍的；一个标榜强悍、刚猛的人，说他娘娘腔，比打他一顿否定他的孔武更让他受伤。

唐僧是个虔诚的佛教徒，佛家向来以善示人，最受不了的就是有人说他冷漠、缺少善心。这是唐僧的弱点，是他的命门。

老鼠精看穿了这点。所以，她采用类似传音入密的手段，对唐僧喊了几句话：

“师父啊，你放着活人的性命还不救，昧心拜佛取何经？”[4]

果然，唐僧受不了了。这时候，别说唐僧不知道他是妖精，即使唐僧已经怀疑她是妖精了，以唐僧那种执拗的性格，怕也会折回去救她。于唐僧这种人来说，危险固然可怕，但被别人否定了信念，更加难以忍受。

老鼠精的聪明处不仅在于她知道这种办法对唐僧有效，还在于她知道这种办法只对唐僧有效。所以，她只让唐僧听了这话，并没有让孙悟空他们听见。如若让所有人都听见，孙悟空他们定然能猜出这是计策，从而劝说唐僧不去管。在他们不知道的情况下紧紧抓住唐僧的心，显然能够达到最好的效果。

就这样，老鼠精顺利得以跟随取经队伍，来到了她栖息的寺庙。她的计划实现了第一步。

老鼠精应该是想在寺里下手将唐僧掳走的吧。估计是苦于孙悟空师兄弟三个看守太过紧密，一直没有合适的下手机会。

不过，这老鼠精是个目的性极强的人，她的目的很简单——修炼。所以，虽然没有掳走唐僧的合适机会，却也没有放下自己的修炼事业。

三天里，她害了庙里六个和尚。

这件事终于惊动了孙悟空。以孙悟空这种好逞强、爱管闲事的性格，他是不可能放过这个逞威风的机会的。于是，他决定帮助庙里的和尚去捉妖。

孙悟空一向自视甚高，本领强，口气也大，但这次吃了瘪。本想好好装一把的，结果丢了面子。

孙悟空想要收老鼠精的时候，她将计就计，趁着唐僧身边守卫没那么严，掳走了唐僧。

孙悟空跟庙里和尚夸口，只要他出手，没有拿不下的妖怪。结果他不仅没拿下妖怪，反而被老鼠精掳走了师父。当面对庙里众僧的时候，怕是孙悟空要脸红吧。这个牛没吹好。

至此，取经队伍与老鼠精的对立局面正式形成。老鼠精终于露出了真面目，也显露了真目的。

于找妖、捉妖方面，孙悟空哥儿几个是极为专业的，一路取经，他们一直在做这样的事，自然经验满满。

很快，他们就找到了老鼠精家门口。

这老鼠精的地盘实在广大，绵延百里，完全一副大户人家景象。相比那蝎子精，气派了不知多少。

但若论武力，老鼠精应该不是蝎子精的对手。老鼠精之所以能够成功掳走唐僧，不是因为她能打架，而是她精通逃跑战术。蝎子精则是正面杠孙悟空、猪八戒两个一样不吃亏的。

本事不如蝎子精，却比蝎子精拥有更好的生活，可见这老鼠精确实是有手段的。不仅懂得利用人性，更懂得经营事业。是个不好对付的家伙。

果然，孙悟空的第一计策失败了。

不过这猴子向来聪明伶俐，很快就想出了第二计策，他成功得手，钻到了老鼠精的肚子里。

按照取经队伍以往的表现，做到这种程度，这一难就该结束了。没有几个妖怪可以着了孙悟空的道儿依然还有能力对抗的。

不过这老鼠精确实厉害。她竟然第二次掳走了唐僧，而且是当着孙悟空师兄弟几个的面儿。

这就厉害了，手段之高，让齐天大圣也拿她没办法。

所谓智者千虑，必有一失。老鼠精的失误在于只藏好了自己，没藏好家里的家什。她日常供奉的牌位，被孙悟空发现了。

老鼠精如此疏忽，怕也是因为太过自信。她虽然听过孙悟空的名头，但可能对孙悟空还不够了解。不知道对方竟然可以跟自己的义父、义兄，也就是托塔天王和哪吒太子对簿公堂。

结果，孙悟空偏偏就是有这个路数。最终，托塔李天王和哪吒父子齐至，帮助收服了老鼠精，带她去审判了。

老鼠精最后的下场，不得而知，作者并没有写明。不过相较于蝎子精来说，已经好很多了，至少她没有当场被杀死。

或许这正应了人们评价《西游记》的那句玩笑话："有后台的都被救走了。"

老鼠精不是被救走的，是被她的后台，也就是她的干爹托塔天王抓走的。不过，如果没有这个干爹，怕是孙悟空会当场打死她吧。

其实，通过老鼠精拜干亲的过程，也可见她是有手段的。

像蝎子精那种烈性格的妖精，被人拿住之后怕是会抵死反抗，最终消磨了人的耐心，将其杀死。这老鼠精却是懂得妥协与变通的，不仅成功脱身，反倒认了天庭重要势力为干亲。确实是个懂事的。

然而这懂事的最终也落得被惩罚的下场，最后被处决也说不定。原因还在其性格，或说在于人性。

我个人非常喜欢的一个学者，曾在他的书中写过这样一段话："人在希望来临时，会将期望值放大到无限，此时，对圆满的追求会变成对圆满的崇拜。”

通俗些说，就是当我们发现梦想实现在即的时候，内心会呈现出一种梦想已经实现了的状态。这时候，对于那些干扰因素，也就是阻碍梦想实现的因素会视而不见。

老鼠精就是这样，她被欲望迷住了眼。她知道跟唐僧交合可以帮助自己快速成为神仙，而唐僧就在自己手里，于是，她眼里都是自己成了神仙之后的各种好处，完全看不见抓唐僧这件事背后的危险。所以，平时极有手段、很精细的老鼠精才会表现得那般“愚笨”，明知不可而为之。

不是她性格执拗，不是她在赌，而是危险被她自动忽略了，她正躺在梦想堆里睡大觉呢!

可见，这老鼠精也并非真的聪明。真聪明者，越是希望来临之时越是谨慎；假聪明者，越是希望来临之时越是狂放与自大。

那谨慎会助人成功，这自大会毁人前程。

事实上，老鼠精已经在这上面栽过一个跟头了。不过她没有吸取教训而已。

哪吒提到老鼠精时说：

“原是个妖精，三百年前成怪，在灵山偷食了如来的香花宝烛，如来差我父子天兵，将他拿住。”[5]

老鼠精一直有一颗不劳而获走捷径的心。三百年前为了少修炼增强法力偷了如来的宝贝。结果被哪吒父子抓住，差点儿身死。结果依然不长记性，又来打唐僧的主意，最终被捉。

世上无新事，只因贪欲太盛。

若是那真正聪明的，有了上一次的经历，自然不会再生此等歹心，而是苦苦修炼，最终成就大道。这种心存侥幸的，从来少有好的结果。

这老鼠精，欲壑难填，终致身死灯灭。也算憾事。

人有欲望，这很正常，欲望是人类进步的动力。人们懒，不愿去劳作，才有了各种各样实用的发明。这是欲望的正面。不愿去劳作也不愿去发明可以让自己免于劳作的新技术，就只能忍饥挨饿了，这是欲望的负面。

认清欲望的两副面孔，才能让自己行走得更加顺畅。

不过，老鼠精虽然不让人同情，却也得了一个好处，所占篇幅很多。女儿国国王在人们心中位置最重，但书中对她着墨不多。这老鼠精的故事，却是作者写了好几回的篇幅的。

或许，坏人总是更能吸引人们的关注吧。当然，这是玩笑话。

于写老鼠精的章回中，孙悟空当了一回哲学家，论述了温柔与刚强的利弊，说得实在漂亮，这里附上，以飨读者：

行者道："'温柔天下去得，刚强寸步难移。'他们是此地之怪，我们是远来之僧，你一身都是手，也要略温存。你就去叫他做妖怪，他不打你，打我？人将礼乐为先。"八戒道："一发不晓得！"行者道："你自幼在山中吃人，你晓得有两样木么？"八戒道："不知，是什么木？"行者道："一样是杨木，一样是檀木。杨木性格甚软，巧匠取来，或雕圣象，或刻如来，装金立粉，嵌玉装花，万人烧香礼拜，受了多少无量之福。那檀木性格刚硬，油房里取了去，做榨撒，使铁箍箍了头，又使铁锤往下打，只因刚强，所以受此苦楚。"[6]

得到与争取从来都是一个奋斗的过程，而不是取巧的过程。或许有取巧成功者，那不过是万中之一，并不值得效仿。以这类为榜样的，多半失败。

注释

[1] 引自《西游记》（人民文学出版社）985页。

[2] 引自《西游记》（人民文学出版社）985页。

[3] 引自《西游记》（人民文学出版社）983页。

[4] 引自《西游记》（人民文学出版社）985页。

[5] 引自《西游记》（人民文学出版社）1022页。

[6] 引自《西游记》（人民文学出版社）1004页。

引爆官僚主义的寒武纪

> 世间本无绝对的公平，我们能做的是让自己最大限度地拥有对抗不公的实力。
> ——期待的那个人

人们常有一个误解，觉得唐僧这人，虽然身为和尚，但注定命犯桃花，总是遇到美女上门抢亲。其实，没那么夸张。

唐僧从大唐地界出发，一直到西天雷音寺，走了十万八千里，路过国家无数，总共花了十三四年的时间。但其实，真正想要跟唐僧发生点什么的女性，一只手数得过来。而这其中，还有类似老鼠精这种，不是看中了他的人，仅是因为其身体可利用的。

总的来看，唐僧确实有桃花运，但其实并没多少。

看中唐僧身体，想利用他的身体帮助自己修炼的，不仅有老鼠精，还有另一个妖精，玉兔精。

这两个妖精的下场却截然不同。老鼠精虽然没被当场打死，而是被李天王带走了，但估计也不会有太好的结果。玉兔精则不然，她似乎并没有承受太重的惩罚。

个中缘由，自然在于两者的后台不同。老鼠精的后台是托塔李天王和哪吒，玉兔精的后台是嫦娥仙子。

大约距今五亿多年前，有一个地质历史时期，地球上突然涌现出很多种类的生物，它们遍布地球的各处，我们现在称之为“寒武纪”。这个时期，算是一个生物大爆发的时期。

官僚主义在《西游记》的前几十章略有体现，但是没像在老鼠精中这么“大爆发”。其实，说起老鼠精和玉兔精的后台，老鼠精的义父和义兄也不差，只是差在了关系远近上。老鼠精与李天王父子是干亲，玉兔精与嫦娥仙子是上下级。

按理说，干亲是要比上下级的关系更亲密些的。老鼠精的问题在于，李天王父子不是主动方。

人与人之间的关系就是这样，往往主动的一方，付出更多，也更为在意这段关系。

比如，如果当初是李天王父子见这老鼠精是个可造的人才，只不过不小心犯了错误，出于惋惜和欣赏的目的，从而认了这个干女儿，那么李天王在帮助唐僧的时候，对老鼠精不会那么决绝，因为他心中会念旧情。

但情况并非如此，事实是，已经被李天王父子制服的老鼠精，感恩于对方的宽容大度，求着认下的这门亲。李天王父子虽然答应了，但其实心里未必真正当回事。而且，更为重要的是，老鼠精并不能够为李天王父子提供什么。她所做的不过是立个牌位，烧香上供而已。以李天王父子的地位，是不缺这个的，广大世界，为他们父子上香上供的不知凡几，根本不差这一个。所以最初始的时候，李天王并没想起这个女儿来，人家早已忘了她了。何况，老鼠精于上香方面怕也没那么勤奋与认真，否则怎么会在搬家跑路的时候将李天王父子的牌位落下呢？

因此，老鼠精的这个后台，不过是个摆设罢了。假若她有一日成仙，可以利用这一份资源，结识些朋友，那时候或许李天王也会装模作样给些鼓励，说些类似“我早就看出你是个人才”的话来，显示自己慧眼识珠。可一旦她犯事了，李天王怕是会尽早跟她切割关系。这种没有任何情分在里面的所谓亲情，从来都是锦上添花的。当你有实力、有地位的时候，可以帮你多一条选择；当你没实力、没地位的时候，不过是个摆设。而当你遇到困难尤其是遇到可能连累身边人的困难时，这段关系就不存在了。

说到底，还是看实力。你有实力时，谁都是你朋友；没实力的时候，谁认识你这朋友?

老鼠精只有这类关系，自然翻不起大浪来。

玉兔精则不然，她是实实在在地跟在嫦娥身边的人，是于嫦娥有用的。嫦娥自然要保她。

而且，她跟了嫦娥千万年，彼此间也必然会生出些情分了。

这也是上下级的常态。即使上级平时并不把下级放在眼里，根本不在乎她的需求，也不会将她平等看待，但是，只要情境转换，上级一样会非常在意下级。这个情境就是外人的入侵。当面对他者的时候，尤其是有敌意的他者，哪怕对待下级极为粗暴无理的上级，此时一样会极力维护下级。因为这时候，他们在意的不仅是下级的利益，还有自己的面子。不让自己的人被欺负才是最重要的，哪怕那“自己人”是平日里他并不喜欢的。

因此，即使玉兔与嫦娥关系没那般亲密，嫦娥一样会保她。何况，她们之间关系本就不错。

相较于老鼠精，玉兔精的另一个特点是，她更为聪明。

老鼠精也是个聪明的，不过她的聪明是野路子。一个没跟过大领导、没见过大世面的妖精，也就仅止于此了。玉兔精是跟过大领导的，更是见过大世面的，所以手段自然也更为高超些。她没能成功，更多的原因是运气不济。

玉兔精的高明处在于，她是懂得借势的。

取经队伍一路所遇到的妖怪，大都极为粗暴、直接，不管三七二十一，正面杠，结果往往因为本事不济，被孙悟空兄弟几个弄死了。有手段的，也不过是变化个形象，骗骗唐僧而已，其骗术，多半也不高明。

玉兔精却不一样，她某种程度上隐藏在暗处，真正正面出面的，是天竺国的国王等人。

这就厉害了，已经有了阴谋的味道，不像绿林手法了。

玉兔精的做法很简单。她摄走了天竺国公主，将之抛弃到荒郊野外，然后自己化作公主模样，大摇大摆进了王宫，享起了荣华富贵。

因为知道唐僧要打这里过，也知道像唐僧这种金蝉子转世的身份，跟他交合，对提升自己的法力有大帮助。于是，便打起了唐僧的主意。

她没有去骗，也没有去抢，而是利用现有的身份，来了个绣球招亲。

玉兔精先是跟天竺国国王通好气，说自己大了，要成家了。不过不想听从父母安排，要听从上天安排。她想要通过抛绣球的方式，来为自己选择一个夫婿。

天竺国国王很喜爱自己这个女儿，自然答应她的要求。于是择定日期，绣球招亲。

这日子自然是玉兔精事先算计好的。正是唐僧打此处过的时辰。

结果，玉兔精化作的公主成功击中唐僧。就这样，唐僧被选为当朝驸马。

说起来，命运也是奇妙。想当年，唐僧的老父亲陈光蕊，就是被绣球砸中，娶得美妇，从而生下了唐僧的。结果后来被奸人所害，死于非命。我们当然不能说陈光蕊遭遇灾祸是因为曾中了绣球。但这一次唐僧同样被砸中，同样不久后就要经历危险，的确有缘法的巧妙在里面。

唐僧被选中之后，各路大员自然拦截他，要他去当驸马。唐僧当然也是不愿意的，不过在人家地盘上，不得不低头，虽然不愿意，也不好直接推辞。形式还是要配合着走一遍的，不过事前嘱咐了孙悟空，到时候一定要救他。

直到此时，玉兔精依然藏在幕后。所有人都觉得这是巧合，只有她知道，这是她刻意安排的。天竺国国王还在为这“巧合”奔忙，安排自己“女儿”和唐朝圣僧的亲事。

这阴谋确实不好识破，这也正是玉兔精的聪明处。

玉兔精这时也正在春秋大梦当中，幻想着佳婿到手，法力飞升。

然而，当她和唐僧真正见面的时候，却出了岔子。孙悟空突然蹦了出来，搅了她的好事。

怕是这时候玉兔精还不知道问题出在何处吧！

其实，不是她的计策不够完美，实在是运气不佳。

玉兔精将真正的天竺国公主扔到了荒郊野外，她想不到会有大和尚收留那公主，也不会想到唐僧他们会路过真公主寄居的寺庙，当然更想不到那大和尚竟然将帮真公主恢复身份的事情托付给了唐僧。

这些巧合都是常人所难以想到的，自然不在玉兔精的预判之列，可它们偏偏发生了。于是，情况完全变了。

本来，是一个完美的计策，这下变成一个人在众目睽睽之下表演了。玉兔精排演的这场戏确实精彩，可惜唐僧不小心事先看过了剧本，自然早已对结局了然于胸了。

偶然的出现，形成了强烈的信息不对称，唐僧在懵懂之间，竟然占了先机。这老和尚，虽然本事不济，但生来一副好运气。

孙悟空天生一副惹事脾气，遇见妖怪，从来二话不说直接出手。

两个人一番好斗，结果玉兔精不敌，四处逃窜。

孙悟空自然不会放过她，于是一个追一个逃，打一会儿歇一会儿。

其间，有段对话颇有意思：

行者闻说，呵呵冷笑道："好孽畜啊！你既住在蟾宫之内，就不知老孙的手段？你还敢在此支吾？快早现相降伏，饶你性命！"那怪道："我认得你是五百年前大闹天宫的弼马温，理当让你。但只是破人亲事，如杀父母之仇，故此情理不甘，要打你欺天罔上的弼马温！"那大圣恼的是弼马温三字，他听得此言，心中大怒，举铁棒劈面就打。那妖邪轮杵来迎，就于西天门前，发狠相持。[1]

玉兔久居天宫，自然知道大闹天宫的故事，也听说过孙悟空的本事，当然也就明白自己不是孙悟空的对手。可是，她依然要算计唐僧，而且跟孙悟空正面争斗的时候，竟然还敢搔孙悟空的痛处，一口一个"弼马温"。显然，她是在有意激怒孙悟空。

玉兔精为何要这么做，抑或说，她为何敢这么做？自己奸计败露，碰上了硬家子，不但不口软，反而故意去激怒对方，实在不是好计策。

她之所以敢，应该是她知道，虽然孙悟空比自己本事高，但自己一定死不了。因为，她有后台，她的领导一定会来救她。

玉兔精果然所料不差。就在她全然没有抵抗法子的时候，有人阻住了孙悟空，救下了她的性命。她的老领导嫦娥仙子来了。

此时，孙悟空自然不好继续逞强，非要置玉兔精于死地了。不过这猴子也不甘心就这样放过，而是告了一状。

那跟随嫦娥一同前来的太阴给出了一番解释：

“你亦不知。那国王之公主，也不是凡人，原是蟾宫中之素娥。十八年前，他曾把玉兔儿打了一掌，却就思凡下界。一灵之光，遂投胎于国王正宫皇后之腹，当时得以降生。这玉兔儿怀那一掌之仇，故于旧年走出广寒，抛素娥于荒野。但只是不该欲配唐僧，此罪真不可逭。幸汝留心，识破真假，却也未曾伤损你师。万望看我面上，恕他之罪，我收他去也。”[2]

我们当然不会怀疑这神仙在说谎，可是万一他是在说谎呢？孙悟空是没有办法辨别真假的。他只能做个顺水人情，放人了事。

而且，太阴这个解释，怕也有些问题。太阴说：**“这玉兔儿怀那一掌之仇，故于旧年走出广寒，抛素娥于荒野。”**这玉兔不是奉命了却自己和素娥的恩怨的，而是**“走出广寒”**，她是自己私自前来报仇的。这已经算是犯了法条了。加上又对唐僧起了歹心，自然罪加一等。

然而，看太阴之口气，并没有要追究玉兔私自“走出”的罪过，仅仅是觉得她不应该对唐僧起了色心。

所以，太阴这一番话，与其说是在为玉兔开脱，不如说是说明原委。他只是阐释了玉兔为什么会到这里来，至于到这里来的合理合法性，并没有明确给出。

但是，起到的效果是一样的。虽然玉兔没有下界的合法理由，但孙悟空依然买了面子，放了玉兔。因为孙悟空知道，自己管不了这种事。

怕这就是玉兔精不害怕的原因，她知道自己一定不会死，也不会受什么大惩罚。有恃无恐，自然敢随性而为。

看来，跟领导关系好，确实有大益处。

老鼠精敢于觊觎唐僧，是被利欲蒙住了眼；玉兔精敢于觊觎唐僧，则是知道自己不会付出任何代价。

跟对了人，很重要。

其实，从某种程度上讲，背景也是实力的一部分。这玉兔精就是一个典型。

看了玉兔的故事，蝎子精那种强悍、跋扈、自命不凡的，怕是会鄙视她。心想，一个因人成事的家伙，实在不堪。但老鼠精这种善于钻营的，恐怕只有羡慕的份儿了。羡慕玉兔精有好机缘，背后有实实在在的靠山。背有大树好乘凉，实在不假。

其实，这也是人间常态。同样的陌生人，若是说自己出身农村，则人群中自然嘲笑者多，至少不会给予太多重视。但若说自己是海外华裔，怕是很多人就会高看他一眼了。

一个年轻人，说自己来自小城镇，在一家三五人的私人作坊式企业工作，人群中怕是认为这人没大能耐的多。同样打扮的年轻人，若说自己来自一线城市，在五百强企业工作，人们怕会多看他几眼。

人，从来都是势利的，只不过我们不愿承认罢了。

提升修为，不因身份视人，可以让我们自己显得不那么势利。强大自己，提升个人背景，可以让我们更少被别人的势利伤害。

世间本无绝对的公平，我们能做的是让自己最大限度地拥有对抗不公的实力。

世间事，不过如此。

注释

［1］引自《西游记》（人民文学出版社）1153页。

［2］引自《西游记》（人民文学出版社）1156页。

只想有个人陪在身边

> 我们在意的不是所谓的功名与成就，而是有个人能陪在自己身边。
> ——期待的那个人

人们描述切肤之恨时，常说“杀父之仇，夺妻之恨”，但其实，有一种恨，比这两者更狠，即夺子之痛。

人人都说敬老，人人也都在敬老，但其实，相对于老人，人们往往对子女更为在意些。说这话不是说人们不够在意老人，而是相比之下，子女往往在人们心中分量更重些。

这世上，老无所养者比幼无所养者，要多得多。不是人们薄情寡义，不懂得感恩，这是大自然在人生命中种下的种子，根植于人的本性之中，或者说这是动物的本能，是基因写就的。

也正是因为这一点，夺子之痛才会大过杀父之仇，至少在个人感觉上是如此的。

铁扇公主就是一个感受过夺子之痛的人。

夺走她儿子的是孙悟空。

其实说起来，铁扇公主跟孙悟空本是有“亲戚”关系的。铁扇公主的老公牛魔王是孙悟空的结义大哥。想当年，牛魔王、孙悟空等七人一个头磕在地上，像桃园结义的刘关张一样，成了异姓兄弟。那时节，他们几个关系好得很，整天在一起玩，异常亲密。

然而时过境迁，因为孙悟空出了事，兄弟几个也很少联络了。最后孙悟空保护唐僧取经，成了和尚。西行路上，遇到了牛魔王和铁扇公主的儿子红孩儿。结果两个人发生了矛盾，最终孙悟空找来了观音菩萨，收走了红孩儿。

从此，铁扇公主与儿子隔海相望，再不能相见。

她恨孙悟空是必然的。

孙悟空也知道铁扇公主会恨自己。

他先前就曾见过牛魔王家的人，路过女儿国的时候，他去打落胎泉的水，医治唐僧和猪八戒。那看守泉水的人就是牛魔王的弟弟，那时候，牛魔王的弟弟就提起过红孩儿的事，要找孙悟空报仇。

这一点，孙悟空也想到了。

行者闻言，大惊失色，心中暗想道："又是冤家了！当年伏了红孩儿，说是这厮养的。前在那解阳山破儿洞遇他叔子，尚且不肯与水，要作报仇之意，今又遇他父母，怎生借得这扇子耶？"[1]

解阳山破儿洞遇到的就是牛魔王的弟弟。

因此，关于铁扇公主会以何态度对待自己，孙悟空是有心理准备的，知道定然不会讨好。然而，他还是必须去见铁扇公主，因为唐僧想过火焰山，必须依靠铁扇公主的芭蕉扇。

孙悟空终于来到了铁扇公主的家，芭蕉洞。

"行者上前叫：'牛大哥，开门，开门！'……行者道：'我是东土来的，叫做孙悟空和尚。'"[2]

在洞前，孙悟空直接报了姓名。

以孙悟空之精细，在事先料到对方会恨自己的情况下，直接报上姓名会得到何种态度的接见，他是能预料到的。但他依然这么做了。为什么？

只有一种解释，孙悟空根本就没打算认下这门亲戚，他就是来找事情的。

孙悟空为何如此绝情，我们不得而知。或许是被红孩儿伤透了心，已不再信任这一家；或许是知道彼此误解太大，已无和解可能，索性直白些；或许仅仅是因为想要干掉铁扇公主，算作自己一个功劳……

我们无法得知孙悟空的心里所想，却能从他的行为中看出，他确实已经不打算认下这门亲了。

孙悟空向来精细，于人情世故上，比唐僧等人不知高了多少。但在跟铁扇公主接触的过程中，却一直明里礼貌周全，暗里夹枪带棒，一直在故意激怒铁扇公主。

罗刹道："你这泼猴！既有兄弟之亲，如何坑陷我子？"……行者满脸赔笑道："嫂嫂原来不察理，错怪了老孙。你令郎因是捉了师父，要蒸要煮，幸亏了观音菩萨收他去，救出我师。他如今现在菩萨处做善财童子，实受了菩萨正果，不生不灭，不垢不净，与天地同寿，日月同庚。你倒不谢老孙保命之恩，返怪老孙，是何道理！"[3]

想当年，孙悟空可是挨了几下打就参破了菩提老祖的禅机的，别人千百万年修得一身本事，他仅仅用了七年就学成归来了。

以孙悟空的这份聪明，不该看不出铁扇公主在意的不是红孩儿的所谓功名与成就，她只想儿子陪在自己身边，况且，铁扇公主话里已经露出这个意思了。

不过孙悟空依然那样强调，不仅没半点儿赔礼道歉的意思，反而在这个时候要铁扇公主去谢他，明显是为了激怒对方的。

一个怀恨在心，一个早已无恋亲之意，争斗也就不可避免了。

铁扇公主功夫不如孙悟空，但是有法宝在身，也没吃什么亏。可偏偏孙悟空是个背景深厚、运气又好的，去天上找神仙要的定风单，芭蕉扇奈何不了他。这下，铁扇公主自然就不是对手了。

她着了孙悟空的道儿，被抢去了扇子。不过这铁扇公主也不是好惹的，身处危险中，思路依然清晰，竟来了个将计就计，弄了个假扇子骗过了孙悟空。

孙悟空自然不会罢休。于是，在土地神的建议下，去找牛魔王了。明着看是孙悟空念旧情，想走昔日兄弟的门路，但若结合孙悟空见到牛魔王后的表现，可以判断，他确实是有想要将牛魔王一起拿下的心思的。

那时候，牛魔王虽然占着铁扇公主丈夫的名义，但其实并没有履行过义务，而是整日跟自己的小妾厮混在一起。

孙悟空若是真心来求人的，必然笑脸上门，先攀个交情。但这猴子见了大哥的小妾之后，不但没半点儿客气，反而一顿调戏。他哪壶不开提哪壶，硬说自己是铁扇公主派来要带牛魔王走的，这摆明了是想挑事的。孙悟空的目的不是修理牛魔王的小妾，而是要激怒牛魔王。

牛魔王确实生气了，跟孙悟空赌斗了一场。

两个都是有本事的，自然短时间内分不出高下来。这牛魔王行事也蹊跷，正打得难分难解的时候，听见有人喊他去吃饭，竟然丢下孙悟空大摇大摆去赴宴了……

这时候，孙悟空要面对的局势已经很清晰了。铁扇公主不会借扇子给他，牛魔王也不会央求铁扇公主借扇子给他。铁扇公主功夫不济，牛魔王本领高强。孙悟空的最佳选择当然是回去继续跟铁扇公主斗。但他没有，而是继续跟着牛魔王。

以孙悟空的聪慧，当然知道继续跟着牛魔王所遇困难肯定更多，他依然这么做，只能说明他内心是想要将牛魔王一起拿下的。

牛魔王也不是蠢人。他自然也知道，自己和妻子铁扇公主都让孙悟空碰了钉子，那么孙悟空稍微有点儿脑筋，就一定会继续去找铁扇公主的麻烦。而这孙悟空偏偏是个有脑筋的。那么此时，牛魔王应该很清楚，他的妻子遇到麻烦了。

但牛魔王竟然没理会这点，依然跑去跟朋友喝酒。如果用阴谋论式的思路解读，或许这牛魔王打到一半故意离开，就是让孙悟空认清形势，看选择跟哪个对杠更划算。

铁扇公主的命，确实够苦。所遇都是薄情的人。

任谁也想不到，孙悟空的固执竟然给自己带来了机会。他趁着牛魔王喝酒的空当想出了计策，偷走了牛魔王的坐骑，化作牛魔王的模样，骗走了芭蕉扇。

可怜的铁扇公主不仅被骗了扇子，还被那孙悟空着实调戏了一番，实在是委屈至极。

牛魔王发现孙悟空继续跟着他的时候，终于动了真火气。要跟孙悟空好好算算账了。

结果，孙悟空背景实在强大，各路天兵天将、佛家的人都来一起帮着抓捕牛魔王。最终，牛魔王被哪吒降伏，归顺了佛祖。

而牛魔王的一妻一妾，也都跟着遭了罪。玉面狐狸被打死了。铁扇公主向人跪地求饶，全然没了面子。更重要的是，她不仅失去了儿子，从此也不见了丈夫，虽然那丈夫的心早已不在她这里了。

生活之悲，悲惨至此。

其实，分析起来，铁扇公主做错了什么事情吗？似乎没有。

铁扇公主是仗着有芭蕉扇，依靠火焰山发财的。

听起来像是在搜刮民脂民膏，但细细分析，她不仅无错，反而有些功德。

火焰山并不是铁扇公主搬来的，是孙悟空弄出来的。当年他踢翻老君的炼丹炉，落下块砖，成了如今的火焰山。

这火焰山出现以来，当地百姓着实是受了许多的苦。这一份酷热不仅让人难受，更是让庄稼颗粒无收。这时候，孙悟空没来为自己当初犯下的错补救，天庭也没有采取相应措施。但铁扇公主来了，她帮了当地的老百姓。

铁扇公主利用自己的芭蕉扇，定期扇灭火焰，让老百姓种地收粮，她则从中享受一定的祭祀。

人们当然乐见不计回报式的助人为乐，因此，怕是人们最愿意见到的是铁扇公主一下扇走火焰山，让这一方百姓从此再不受扰。像这样交易式的做法，肯定有人不以为然。但也要知道，助人不求回报并不是常态，无可持续，更重要的是，助人不求回报，未必就是好事。

子贡曾经无私帮助过别人，孔子听了后说子贡这事做得不对，意思是他将格调定得太高，别人就不好做了。后来，孔子的另一个弟子子路救了一个溺水的，那人得救后送了子路一头牛，子路欣然接受。孔子夸奖子路做得好，说这个地方以后再有溺水的，一定会有人去救他。因为救人可以得到实际的回报。

孔子的想法看似冰冷，实际蕴藏着大智慧。帮人就要得到相应的回报，否则以后帮助人的就少了。

从这角度讲，铁扇公主的做法并无不妥。

如果她不来，火焰山地方的百姓，岂不是全没了指望?

因此，铁扇公主跟唐僧西行路上所遇到的其他妖怪就有了本质的区别。

其他妖怪，要么称霸一方祸害百姓，要么想要吃唐僧阻止他们西去。铁扇公主有这方面的行为吗？没有。

铁扇公主只是在唐僧遇到麻烦的时候没有伸手帮他而已。那麻烦并不是不可避免的，那麻烦也不是铁扇公主造成的。

火焰山不是铁扇公主弄出来的，火焰山走不了也可以绕道其他地方。

唐僧团队不想多走路，于是去求人。人家只不过是没主动帮他们而已，他们就灭了人满门，而且铁扇公主本人并没有什么劣迹可言。

不是铁扇公主太无情，是唐僧团队欺人太甚。

只不过唐僧是全书的主角，孙悟空是读者心目中的英雄，所以人们自然代入身份，觉得唐僧他们遇到麻烦的时候没有主动伸手援助的就有问题。其实，铁扇公主从来不欠唐僧什么。

这是铁扇公主的命运悲剧。她的另一层悲剧在情感上。

书中交代，牛魔王跟玉面狐狸在一起，图的是钱财。那玉面狐狸自己本事不济，但家资丰厚，于是想要找个人做依靠。最后选中了牛魔王，牛魔王见玉面狐狸有钱，就答应了。

这理由总是让人感觉牵强。

牛魔王家似乎并不缺钱。

铁扇公主管着火焰山方圆几百里地方，人们年年上供，收入自是不菲。红孩儿的地盘也有方圆三四百里，那里的产出自然也归了他了。牛魔王的弟弟，看着落胎泉的那个，把守着女儿国的最大财富，收入可想而知。牛魔王本身有本事，朋友众多，地盘广大，自然不差钱。

所以说，牛魔王嘴里的所谓图钱，更像是敷衍铁扇公主的借口，其实，就是图色。

见了美娇娘，抛了结发妻。好一个花心的老牛。

不过，铁扇公主对这花心的丈夫，却是死心塌地。

孙悟空跟玉面狐狸第一次见面的时候，假说自己是铁扇公主派来找牛魔王的，然后恐吓了一番玉面狐狸。玉面狐狸回到洞中跟牛魔王说了这事。

魔王却发狠道："美人在上，不敢相瞒，那芭蕉洞虽是僻静，却清幽自在。我山妻自幼修持，也是个得道的女仙，却是家门严谨，内无一尺之童，焉得有雷公嘴的男子央来，这想是那里来的怪妖，或者假绰名声，至此访我，等我出去看看。"[4]

从牛魔王的口中可知，虽然牛魔王弃了铁扇公主，但铁扇公主从没做过对不起牛魔王的事情。

专情女人碰到花心儿郎，其境遇可想而知。

作为一个女人，被丈夫疏远了，还有儿子可以倚靠。虽然一样凄苦，但至少有个依托。可她的儿子竟也着了孙悟空的道儿，从此与她相见两难了。

铁扇公主表面风光，其实内心凄惨悲凉。

命运没有眷顾她，身边人又辜负了她。

正因为孤独与寂寞，在孙悟空假扮牛魔王骗她的时候，她才丢了大丑。因为她太想留下牛魔王了。

她想不到，仅有的温存，竟然是孙悟空假扮的丈夫给自己的。

即便如此，最后她依然低下了自己高贵的头颅，跪地为牛魔王讨饶。

这是一个苦命痴情的女人，却也是一个憨傻女人。

被伤害千遍，依然赤心如初，逍遥了负心郎，苦了自己。

我们不为自己的命运做主，别人就会为我们的命运做主。生活也好、命运也好，还是拿在自己的手里最为妥当。当把选择权交出去的时候，也就等于是把幸福交出去了。

注释

[1] 引自《西游记》（人民文学出版社）726页。

[2] 引自《西游记》（人民文学出版社）727页。

[3] 引自《西游记》（人民文学出版社）728页。

[4] 引自《西游记》（人民文学出版社）738页。

Part 4

大观园里的美人联盟

大观园都是给孩子们玩的。

——期待的那个人

物极必反，否极泰来。

大观园[1]的繁华从来都是云中楼阁，缺少支撑。贾府的衰败从一开始就注定了。

能让贾府持续辉煌的，永远只有一条，贾家有能在官场撑得住的人才。可这偏偏是他们家欠缺的，贾府子弟早已没了精干，只剩胡混了。

混是混不出名堂的，只能混出衰败。

于贾府子弟，可以说是咎由自取，自己酿就的苦果，只好自己去尝。

但对那些女眷，或许稍有不公。

其实，说不公也不完全恰当，在那个社会环境里，从某种程度上讲，女性是依附于男性的。她们从男人的奋斗中获取荣华，也必然要承担因男人失败而生活落魄的风险。

依然说对她们有不公，是因为她们本身没有选择权。

不能掌控自己的命运，生活再优越又如何？一样不得真正的幸福。

像林黛玉，时时处处出类拔萃，最后依然不得和自己相爱的人完聚。那她的那些优秀还有何用？当一个人的优秀不能给她带来幸福的时候，那优秀就成了讽刺。

从这层意义上讲，大观园其实是虚幻的。

说它虚幻，是因为大观园跟理想太接近了，近得让人感觉不真实，像梦一样。

那里有人们幻想中的繁华；有人们幻想中的质朴；有人们幻想中的洒脱，也有人们幻想中的自由……

哪个年轻人不想活在那种环境中呢！

但它背后也藏着暗流。

大观园有人们幻想中的一切，唯独缺少了责任一项。

在大观园里，每个人都是他自己。他们不是别人的“子女”，也不是别人的“父母”，他们不需要为任何人负责，只需要为自己的快乐负责就足够了。

这些，都是反现实的，也正是吸引人的地方。

没有责任需要承担的地方，从来都是人们梦想中的天堂。

孩子总有一天会长大，他们总有一天会不再完全是他自己，他的身份会随着年月的流逝逐渐增多。她会变成别人的妻子，他会变成别人的丈夫，他们会一起变成别人的父母。

身份增多，责任就来了。

当一个人不再仅仅是他自己的时候，他的无忧无虑就会随之减少。

大观园注定是属于孩子的。

孩子长大，梦想幻灭，真正属于他们的命运也便来临了。

这注定是一出悲剧。

不能掌控自己命运的人，儿时越是美好，成年后就越是落寞，不是说他们必然不成才，而是儿时的美好会将成年人的生活映衬得没那么可爱了。

就像烟花一样，绽放时绚丽无比，可繁华结束后，却是满地尘烬，烟花越大，尘烬越多。

不过他们依然是让人羡慕的，因为他们曾完全绽放过。

瞬间的闪亮，足以照耀永远，这就够了。

然而，我们必然要回归现实，因为生活中没有大观园。

因此，我们就必须面对一个问题。从大观园里那些绽放异彩的女性身上，我们可以得到什么，于她们的命运中，我们可以思考哪些。

这些问题很俗，却是我们必然要去面对的。因为我们眼前没有大观园。

注释

[1] 大观园，是《红楼梦》中贾府为元春省亲而修建的，元春题其园之总名曰“大观园”。

悲剧的自我主义者

> 当觉得全世界都不理解自己、都不关心自己的时候，
> 未必就是这世界出了问题。
> ——期待的那个人

“太高人愈妒，过洁世同嫌。”[1]

往往太优秀的人，或者原则性太强的人，都没有特别好的人缘。即使有一群从小到大的玩伴，他也必然是人群中最不招待见的那个。大家也一起玩乐，但他绝对是被人在背后吐槽最多的一个。他们总是不那么被喜欢。

幼时的林黛玉就是这样一种情况。

不同的是，她不那么被喜欢，不是因为才华太盛，也不是原则太强，而在于其奇怪的性格。那时的她，可以说是有些刻薄的。

林黛玉是一个悲剧美人，她的美也是独特的病态美。林黛玉的第一个悲剧是母亲早逝。因为父亲无暇照料，也因为外祖母惦念，林黛玉来到了外祖母家，也就是贾府。

初到贾府的时候，林黛玉是很小心的，甚至可以说有些小心过度。

这林黛玉常听得母亲说过，他外祖母家与别家不同。他近日所

见的这几个三等仆妇，吃穿用度，已是不凡了，何况今至其家。因此步步留心，时时在意，不肯轻易多说一句话，多行一步路，惟恐被人耻笑了他去。[2]

完全一副谨小慎微的样子，让人感觉这姑娘性格多疑、有些自卑，是个特别在意别人感受，或说尤其在意他人看法的人。

这样的人，往往很累，一心一意活在别人的看法和评价里，完全以别人的喜好来决定自己的行为。而且，攻击性极弱，尤其不愿跟人发生冲突，当自己的看法跟别人不一样的时候，他们总是会自动修订自己的看法去迎合别人。那时候，林黛玉是颇有些此类倾向的。

贾母因问黛玉念何书。黛玉道："只刚念了《四书》。"黛玉又问姊妹们读何书。贾母道："读的是什么书，不过是认得两个字，不是睁眼的瞎子罢了！"……宝玉便走近黛玉身边坐下，又细细打量一番，因问："妹妹可曾读书？"黛玉道："不曾读，只上了一年学，些须认得几个字。"[3]

林黛玉是念了书的，贾雨村就是她的老师，贾母问她的时候，也如实回答了。但听了贾母的话后，听出了贾母不喜欢女孩儿读书的意思，因此后来宝玉再问时，她便改了口，说自己只是认识几个字罢了。

完全一副寄人篱下、谨小慎微的样子。

但如果以为林黛玉是那种活在别人评价里的人，就有些偏颇了。林黛玉并非此类性格。

在贾府住了一段时间之后，跟众人都熟识了，林黛玉也便完全放开了。

此时，她再不是那个谨小慎微、处处小心的人了，而是变了一副面孔，变得刻薄起来。

原来那个唯唯诺诺的人，如今牙尖嘴利了。

有如此变化，在于情境不同了。开始时，她是外来者，想要融入这个环境，自然谨小慎微。当陌生环境变成熟悉环境后，自然就放开来了。

事实上，也确实有很多这种性格的人。在陌生人面前，总是一副老实憨厚样，但跟熟悉的人在一起的时候，却言语刻薄，极尽挖苦讽刺之能事。

是他们善于伪装吗?

也不是。

之所以如此，源自内心深处的那种自卑和怯懦。

在陌生人面前处处小心，是为了给人留下一个良好的印象。在熟悉的人面前极尽挖苦讽刺，不是想要打击别人抬高自己，而是因为内心中将这当成是一种幽默。他们是在利用此类“幽默”吸引身边人的注意，也是在突出自己、吸引关注，是在为自己营造形象。

行为矛盾，但性格并不矛盾。

不过，在林黛玉身上，是有矛盾的。

因为林黛玉并不是对每个不熟悉的人都谨小慎微的。后来结识的史湘云等，没那么亲密时，也常被林黛玉讽刺挖苦。

由此可见，林黛玉并不是一个太过自卑的人，更像是一个有些自我的人。因为自我的人也常常会通过挖苦、讽刺别人制造“幽默”效果，他们因为过于自我，体验不到别人的处境，仅以自己的感受为准。他们要的是自己通过挖苦和讽刺展示聪慧，至于别人被讽刺后的心情，他们是感受不到的。他们的同理心追赶不上他们的思维方式。

结合上下文可以看出，林黛玉最初始的所谓自卑，可能来自她母亲的自负。因为她母亲常以自家为傲，因此在林黛玉心中留下了一个印象，贾府是远远高于他们林家的。因此才有了那所谓的自卑和处处赔小心。当真正了解之后，并没察觉出有何特别之处来，自然也就恢复了以往的性格，露出了自己尖酸刻薄的一面。

可以说，那时候的林黛玉，是有些讨厌的。

说她讨厌，是因为她身上似乎有些“欺软怕硬”和开不起玩笑的特性。

说她有些欺软怕硬，源自史湘云的话：

湘云道：“他再不放人一点儿，专挑人的不好。你自己便比世人好，也不犯着见一个打趣一个。指出一个人来，你敢挑他，我就伏你。”黛玉忙问是谁。湘云道：“你敢挑宝姐姐的短处，就算你是好的。我算不如你，他怎么不及你呢。”黛玉听了，冷笑道：“我当是谁，原来是他！我那里敢挑他呢。”[4]

可见，林黛玉虽然经常挤对史湘云，但于薛宝钗，是不大惹的，因为薛宝钗同样伶牙俐齿，林黛玉在她那里占不到什么便宜。

林黛玉身上的另一个缺点是，她从来喜欢用刻薄的语言开别人的玩笑，但自己开不起玩笑。她打趣别人可以，别人打趣她却不行。

小丑才九岁……凤姐笑道：“这个孩子扮上活象一个人，你们再看不出来。”宝钗心里也知道，便只一笑不肯说。宝玉也猜着了，亦不敢说。史湘云接着笑道：“倒象林妹妹的模样儿。”宝玉听了，忙把湘云瞅了一眼，使个眼色……[5]

果然，林黛玉生气了，她无法忍受众人将自己比作一个伶人，还拿这个当作笑话来听。

其实，她讽刺别人的时候，往往比这更要过分。

严以待人，宽以律己。这是幼年林黛玉身上一个极为重要的特点。

这折射出的是她过分的自我。那时候的林黛玉，是一个极度自我的人，她仅能看到自己的需求，从来不顾及别人的感受。这种人很“真”，但那份“真”其实让人觉得很不舒服。

不过，即使是这样的一个林黛玉，一样有人喜欢。原因无他，情人眼里出西施。

林黛玉能够获得贾宝玉和众多读者的爱，即使是那个极度自我、充满了攻击性的林黛玉，因为她足够优秀。她很漂亮，有独特的气质，更重要的是她有才华，书中众多女子，个个出类拔萃，但若论起诗书才华来，林黛玉当仁不让，属头名。

一个人的优点是可以掩盖他的缺点的，当然前提是在那些欣赏他的优点的人眼里。林黛玉的美艳与多才，在一个女子无才便是德的人眼中，就成了缺点了。但在喜欢这种类型女子的人眼中，她性格中的缺陷，反而不重要了。

所以，即使是那个刻薄而又自我的林黛玉，一样惹人喜欢。何况，在不露出攻击性的时候，林黛玉其实还是不错的。

林黛玉的转变是在逐渐跟大家真正熟悉以后，或者可以说，在大观园内，跟大家整天厮混在一起，彼此彻底了解了。她才真正放下了自己的攻击性，不再那般刻薄了。

改了毛病的林黛玉，真真正正可爱起来了。

尤其是当她跟薛宝钗的母亲薛姨妈相熟以后，才彻底从内心接受了众人。此时，她不再是那个外来的林黛玉，而是大观园里的林黛玉了。

不过，林黛玉性格中的悲剧部分，依然没有丢掉。事实上，她从来没有改变过自己的性格。只不过是由于跟周围人关系的改变，内心接纳了更多的人罢了。

林黛玉性格中真正的悲剧成分，依然在于她的自我。

林黛玉是一个以自我感受为全部的人。

她觉得她欢笑，全世界便会跟她同样欢笑；她悲伤，全世界也会一样去悲伤；她痛苦，这世界也能感受那痛苦。

这样的性格，对自身最大的伤害就是，她们常用戕害自己的方式去发泄自己的愤怒。

因向宝玉道："我给的那个荷包也给他们了？你明儿再想我的东西，可不能够了！"说毕，赌气回房，将前日宝玉所烦他做的那个香袋儿——才做了一半——赌气拿过来就铰。宝玉见他生气，便知不妥，忙赶过来，早剪破了。宝玉已见过这香囊，虽尚未完，却十分精巧，费了许多工夫。今见无故剪了，却也可气。因忙把衣领解了，从里面红袄襟上将黛玉所给的那荷包解了下来，递与黛玉瞧道："你瞧瞧，这是什么！我哪一回把你的东西给人了？"林黛玉见他如此珍重，戴在里面，可知是怕人拿去之意，因此又自悔莽撞，未见皂白，就剪了香袋。因此又愧又气，低头一言不发。宝玉道："你也不用剪，我知道你是懒怠给我东西. 我连这荷包奉还，何如？"说着，掷向他怀中便走。黛玉见如此，越发气起来，声咽气堵，又汪汪地滚下泪来，拿起荷包来又剪。[6]

这是林黛玉生气的一个小片段。她生气的时候，是从不去解释的，也不去质询，而是独自垂泪或者拿东西出气。但其实，结合她身体状况来看，她也是在拿自己的身体出气。

由此我们可以一窥林黛玉的性格。

她是一个自我到以为世界会跟自己同步的人。她觉得自己察觉到自己生气了，那么别人就应该也能察觉到；她觉得自己清楚自己生气的原因，别人也自然就知道自己生气的原因；她觉得自己因生气而苦闷、受折磨，那么别人同样也会苦闷、受折磨。

于是，她一直用牺牲自己健康的方式，来化解自己的愤怒，而从不将自己的愤怒和伤心讲出来，更不会发泄出来。

正因为此，人们会觉得她的性格很怪异，她则会觉得别人太过轻视自己，从而一直心怀攻击意愿。

她不知道，这是认知错位导致的一种误会。她只是以为，这是世界凉薄，没有人真正体恤自己。

所以，她常感觉到孤单，觉得没人关心自己，没人理解自己。不是没人关心她，也不是没人理解她，是她给别人定了一个太高的标准，没有人能够达到。

当觉得全世界都不理解自己、都不关心自己的时候，未必就是这世界出了问题。

但林黛玉从没有过类似的想法。

她的孤独不是没人关心的孤独，而是无人理解的孤独。林黛玉的孤独不是身体上的，也不是环境造成的，而是精神上的。这种精神上的孤独，不是因为个人境界太高，无人企及，而是她希望人人都能窥见她的内心。但她从没想过，自己是一直没敞开过内心的，反而关闭了别人走入她内心的门。她注定孤独，她的性格决定了她的人生必然是晦暗的。

其实，能够理解她的也不是没有。贾宝玉算是一个。可这个偏偏又是多情的种子，他不仅理解林黛玉，还理解其他人。

当仅有的东西被人分享后，内心自然是痛苦与煎熬的，会拼了命地想要夺回来。

所以，在林黛玉真正感觉到贾府是自己家之前，她对人充满了攻击性。她的攻击性一半来自自己的性格，一半来自贾宝玉的行为。很大程度上，她去讽刺与挖苦的，正是贾宝玉珍惜与在意的人。

这是一份出自情的嫉妒。这是害怕失去，却又因为手里没有主动权，无法确保不会失去后的一种虚张声势。

那时候的林黛玉是满身带刺的，但那刺里包裹着的是一颗柔软易碎、还淌着血的伤痕累累的心。

所谓外强中干，即是此类。

好在她最终融入了贾府。

悲剧在于，她还是没能彻底走出自我，去感受别人。

多疑的性格，加上不断自惩的做法，终于将她的身体拖垮了。

这是林黛玉悲剧的根源。

她的眼泪不是柔弱的象征，更像是一种惩罚别人的武器，她在用眼泪伤害自己，从而让别人感受疼痛。

这是很多心理不成熟的人的共性。用伤害自己的方式，给对方以压力和负担，让对方受到惩罚。他们下意识以为，自己受到的伤害越大，别人遭受的惩罚就越重。却不知，别人并不能跟他的情感完全同步。绝大多数时候，伤害了自己，并不能达到惩罚别人的效果，只会让别人更加厌弃他。

性格决定命运。

林黛玉这种人，往往会呈现两个极端。要么幸福无比，要么痛苦无比。

当她遇到一个可以真正窥视其内心的人时，她所能够感受到的快乐和愉悦，比其他任何人都更强烈。当她找不到这样一个人时，她的孤独和痛苦同样比任何人都强烈。

他们可以享受到最精彩、最美妙的爱情，他们也可能陷入最痛苦、最煎熬的深渊。

分界在于，他们是否能够遇到那个正确的人。

林黛玉其实遇到了，可是没能够得到幸福。命运跟她开了个玩笑。

她体验到了获得的快感，但还没来得及享受这快感，便失去了，坠入了无底的深渊。

痛苦这种事，有一个特性。越是拥有对比，越是强烈。

同样的痛苦，对于一个从未享受过幸福滋味的人来说，可能早已习惯，不以为然了。但对于一个一直身处幸福中的人来说，可能是致命的打击。

从山顶突然坠落到深渊的过程，往往比痛苦本身更折磨人。

林黛玉一直身处这过程当中。因为她遇到的是“疯癫”的贾宝玉。

前一刻以为自己得到了，但看到宝玉又跟其他人亲密来往时，又以为自己失去了；当觉得已经彻底失去没有希望时，他偏又来道歉，让自己以为还拥有着，可刚原谅他，他又去招惹别人，让自己以为又一次失去了。如此往复，不断循环……

即使身体再好，也一样会被拖垮，何况林黛玉还是个多愁多病的身！

承认他人的存在，不仅是一种修养，更是一种成熟与智慧。仅仅活在自己的世界里，并不高尚，甚至常会让人觉得可厌。个人以为的世界辜负了自己，往往都是假象。不是世界辜负了他，而是他从未真正睁开眼认识这世界。

注释

[1] 引自《红楼梦》（人民文学出版社）83页。

[2] 引自《红楼梦》（人民文学出版社）37页。

[3] 引自《红楼梦》（人民文学出版社）47页。

[4] 引自《红楼梦》（人民文学出版社）277页。

[5] 引自《红楼梦》（人民文学出版社）295页。

[6] 引自《红楼梦》（人民文学出版社）232页。

原生家庭里走出来的假小姐

> 在他的自由世界里不会有道德规范的你。
> ——期待的那个人

如果说贾宝玉和林黛玉是永远活在自己的世界里，是总也长不大的孩子，那么薛宝钗则是成熟过早，小小年纪就有了大人的心思。

之所以如此，自然跟薛宝钗的原生家庭有关。薛宝钗就像是自己原生家庭用模板造就出来的假人，她的全部人性都符合封建世俗的小姐标准。

俗话说："穷人的孩子早当家。"其实，早当家的根本原因不是穷，而是他们需要过早去承担责任。

人们印象中穷人家的孩子多早熟，不过是贫穷家庭往往需要孩子过早面对现实生活问题，需要他们小小年纪就承担一定的责任而已。事实上，即使不穷的家庭，只要孩子需要提前承担过多责任，一样会造就早熟的个体。

这方面，薛宝钗是最为典型的例子。

薛家从来不穷，不仅不穷，简直富可敌国。不过，薛家人似乎并没有寻常有钱人的那种逍遥和自在，反倒是愁苦脸者多。

原因在于，他们家乱心事太多。

薛宝钗的父亲早早就离开了人世，家里只剩下母亲、哥哥和她，还有数不清的钱财。从小娇生惯养，从来不知苦为何物，也没有受过良好约束的人，一旦没了可以管教他的人，又有大把钱财可供挥霍，那么这个人往往就会堕入歧途，做些混账事情出来。薛宝钗的哥哥薛蟠，正是这样一个人。薛蟠是个混世魔王，除了正事，什么事情都干，实在是个让人头疼的人物。

薛母为人很好，但明显欠缺治家能力，她根本无法约束自己的儿子，也似乎无力将自己的家治理得井井有条。

因此，薛家虽然富贵，却满是烦恼，因为有个麻烦制造者在家中。

薛宝钗是个担事的人，也是有责任心的。这时候，她站了出来，担负起了责任。她需要跟她哥哥的各种坏毛病抗争，需要让自己的家井然有序。

若以一个精干的、善于治理家庭的成年人做比较，薛宝钗自然是不够优秀的。虽然薛宝钗生起气来，薛蟠会听从于她，但薛宝钗无法从根本上约束住自己的哥哥。她只能让薛蟠少惹些麻烦，而没办法让他完全不去惹麻烦。甚至，她只能让薛蟠在做了错事之后认错，而根本没办法让薛蟠不做错事。她能力所及，也只是阻止薛蟠不昏头、不错上加错而已，对于那最初始的错事，她是无力阻止的。

不过，即便如此，薛宝钗已经算是很厉害了。毕竟，她年纪还小。

环境让薛宝钗必须快速成熟起来，去面对成年人需要面对的一切。

富人的出身穷人的命。

薛宝钗注定操劳。

少年多事，让薛宝钗有了成年人的思维和思考方式。于是，她身上的特质跟林黛玉便截然不同了。

提到林黛玉，人们印象中往往是多情、柔弱、敏感等，薛宝钗不同，她小小年纪，人们对她的评价便是稳重、得体。

不是薛宝钗选择了少年老成，是家庭让她必须成长起来。可以说，她的哥哥薛蟠，从某种程度上正是薛宝钗性格的制造者。

这不该是一个出身富贵之家的幼小女孩儿应该得到的评价。像薛宝钗这种出身的富家小姐，她的童年应该是骄傲、任性的，家庭环境在她本该有的天真烂漫上蒙了一层灰暗的颜色。

不过，这层所谓的黑暗色调，是从童真的角度讲的，若从成年人的角度看，薛宝钗其实光鲜靓丽。

这是角度的差异。

就像孩子都想出去疯、出去玩，将功课远远撇开，这是他们的梦想。如果整天圈在屋子里，面对着书本，他们便会觉得日子是无趣的、枯燥的。但在家长眼里，却截然相反，家长更喜欢安静的，只知道学习的孩子。整天出去疯跑的，从来都让家长头疼。

薛宝钗这样的早熟个体，太早失去了孩子的天真烂漫，却注定能够赢得长辈的心。

事实也确实如此。

薛宝钗来到贾府之后，处处显露出成熟稳重来，深得众人欢心。她能够俘获人心，不仅在于自身条件足够优秀，漂亮、知礼，更在于她懂得像一个成年人，甚至可以说像一个有担当的成年人那般，知道去体谅别人。

这一点于贾宝玉和林黛玉身上是从来看不到的。

贾宝玉和林黛玉从未遇到过挫折，是活在理想里的孩子，他们只知道自己想要的东西都能得到，从不知道得到的过程是需要付出努力和艰辛的。不是他们太过无情冷漠，而是自身环境给了他们太多的优越和享受。

贾宝玉和林黛玉也少去思考别人的感受，他们都是自我的。因为他们不需要去考虑别人的感受，内心中从没有这个概念。

说到底，他们两个不需要去懂人心。家庭定位决定了，他们的任务就是去天真烂漫，就是去享受的，这是二人的幸运处。

跟他们同样出身的薛宝钗不一样，她必须要懂人心，因为她需要去管理人。

薛宝钗的眼里是有别人的，甚至有时候会牺牲自己的一些利益去满足别人。

因此贾母喜欢她，王夫人也喜欢她。

谁想贾母自见宝钗来了，喜他稳重和平，正值他才过第一个生辰，便自己蠲资二十两，唤了凤姐来，交与他置酒戏……到晚间，众人都在贾母前，定昏之余，大家娘儿姊妹等说笑时，贾母因问宝钗爱听何戏、爱吃何物等语。宝钗深知贾母年老人，喜热闹戏文，爱吃甜烂之食，便总依贾母往日素喜者说了出来。贾母更加欢悦。次日便先送过衣服玩物礼去，王夫人、凤姐、黛玉等诸人皆有随分不一，不须多记。至二十一日，就贾母内院中搭了家常小巧戏台，定了一班新出小戏，昆弋两腔皆有……贾母一面先叫宝钗点，宝钗推让一遍，无法，只得点了一出《西游记》。贾母自是喜欢。又让薛姨妈，薛姨妈见宝钗点了，不肯再点。贾母便特命凤姐点。凤姐

虽有邢王二夫人在前，但因贾母之命，不敢违拗，且知贾母喜热闹，更喜谑笑科诨，便先点了一出，却是《刘二当衣》。贾母果真更又喜欢。[1]

这正是贾母喜欢薛宝钗的原因，她能够想到别人想不到的地方，她下意识地选择了和王熙凤同样的做法。要知道，王熙凤是贾府大管家，她的责任是让全府上下满意、高兴，这是她的分内事，但薛宝钗不同，她是客人，可她还是下意识那般做了，完全是一个成年人模样。

也正因为此，贾宝玉喜欢林黛玉要多于喜欢薛宝钗。

贾宝玉是一个孩子，孩子最好的朋友不是父母，而是伙伴。因为他们跟伙伴在一起的时候，可以恣意玩耍，父母却会去约束他们。

小孩子最为厌烦的就是被人约束，他们最想逃避的，就是各种责任。这是孩子的天性。

林黛玉同样是孩子，她能理解贾宝玉的“痴”与“疯”，薛宝钗却不能，薛宝钗的思维是成人式的，她会和家长一样去要求一个孩子。

所以，贾宝玉曾说：

“林姑娘从来说过这些混账话不曾？若是他也说过这些混账话，我早和他生分了。”[2]

贾宝玉嘴里的混账话，其实就是成年人要求孩子刻苦与上进的话语。这是儿童所不喜欢的，却是家长的殷殷期盼。

事实上，薛宝钗确实是有此类倾向的。她不仅自己是成年人式的思维，也喜欢跟自己同样属于成年人思维的人。

宝玉不答，因镜台两边都是妆奁等物，顺手拿起来赏玩，不觉

拈起了一盒子胭脂，意欲往口边送，又怕湘云说。正犹豫间，湘云在身后伸过手来，“拍”的一下将胭脂从他手中打落，说道：“不长进的毛病儿！多早晚才改呢？”一语未了，只见袭人进来，见这光景，知是梳洗过了，只得回来自己梳洗。忽见宝钗走来，因问：“宝兄弟那里去了？”袭人冷笑道：“‘宝兄弟’那里还有在家的工夫！”宝钗听说，心中明白。袭人又叹道：“姐妹们和气，也有个分寸儿，也没个黑家白日闹的。凭人怎么劝，都是耳旁风。”宝钗听了，心中暗忖道：“倒别看错了这个丫头，听他说话，倒有些识见。”宝钗便在炕上坐了，慢慢的闲言中，套问他年纪家乡等语，留神窥察其言语志量，深可敬爱。[3]

袭人的所谓“识见”，并不是什么深刻的道理，不过是希望贾宝玉有个成年人的样子，有个“传统男子汉”的样子罢了。说到底还是家长式的思维，希望贾宝玉能够刻苦、上进，能够早早丢掉身上的孩子习性，“成熟”起来。而不是如今这般，只知道玩闹，做些“幼稚”行为。

说到底，袭人反对的是贾宝玉身上的那份“童心”。

薛宝钗认可的袭人的“识见”也正是这一点。

袭人和薛宝钗虽然年纪不大，但内心都住着一个成年人。

袭人是必须要去考虑这些事的，那是她的职责，她要快快成熟起来才能够做好自己的工作。但其实，薛宝钗本不必如此。可现实决定了，薛宝钗虽然跟林黛玉是同样的出身，但其实她是袭人的命运。

那以后，薛宝钗确实也是对袭人颇为青睐的，很是照顾她，也很尊重她。

从这一层讲，贾宝玉应该不是薛宝钗心中的理想丈夫。

薛宝钗对贾宝玉的喜欢和爱，应该仅仅是姐姐对弟弟的亲情之爱，是来自于血缘的。怕是没有多少爱情在里面。只是这个弟弟讨人喜欢，她便出于姐姐的本性，下意识去关心、爱护而已。

以薛宝钗的性格，她所青睐的，应该是那种有责任、有担当、懂得去为别人委屈自己、有所谓上进心的男人。贾宝玉在她眼中，不过是个不懂事的孩子罢了。

从这个角度讲，将贾宝玉与薛宝钗硬捏合到一起，其实是不合适的。

他们之间确实有感情，不过仅仅是姐弟情罢了，根本不是异性之间的爱情。

贾宝玉一直是个孩子，活在理想当中，他要的是抛开一切责任与世故，随心生活。他不希望被管束，他喜欢自由。他想完全活在自己的世界里，他要的是一个可以跟他一起疯、一起闹、认同他的儿童价值观的人跟他一道生活。

薛宝钗则完全相反，她是活在现实里的，她要去面对柴米油盐，她要思考日子怎么过，生活的方方面面她都要去考虑周全。

贾宝玉注定会嫌薛宝钗管得太多，像个妈妈；薛宝钗注定会嫌贾宝玉太过任性，像个孩子。

他们之间不适合做伴侣。除非一方牺牲自己的想法去满足另一方。

但《红楼梦》中，续写的章节还是将他们二人捏合到了一起。这本身就是一个悲剧。

高鹗先生给了贾宝玉一个还算不错的归宿，薛宝钗却受了苦了。还没有感受到丈夫的温存，便守了活寡。漫漫人生，只有她自己去忍、去熬了。

其实我一直觉得，《红楼梦》续写的部分，也就是后四十回，最失败的地方就是对薛宝钗的塑造。

在后半部分里，薛宝钗原有的精明、干练都消失了，反而成了一个不知所措的人。不管是在处理家庭关系上，还是对待夫婿的态度上，都没了之前的成熟，完全成了一个庸碌的普通人。

薛宝钗应该是王熙凤式的人。她或许左右不了自己的命运，但绝对不会放弃努力，面对生活，她有一颗向上的心，也有一颗改变的心。

不过，不管怎样，薛宝钗依然是一个悲剧人物。即使归宿再好，也改变不了一个事实。相较其他人而言，薛宝钗是没有童年的。

生活的压力，早早拿走了她的大部分快乐。

一个想要让所有人都满意的人，一定是一个付出众多的人。

在这一点上，王熙凤如此，薛宝钗也如此。不过是王熙凤更为强势，懂得从其他地方弥补回来，薛宝钗更为仁厚，愿意为所谓的大局付出与牺牲更多。

这一点，在跟林黛玉的关系上也可以看出。

林黛玉一直刁钻古怪，即使真正融入贾府之后，她身上的那种“刻薄劲儿”也并没有完全消失，依然常出惊人之语。

虽然薛宝钗在林黛玉那里经常吃讽刺，也常会讽刺回去，算是没有吃什么亏，但依然一团和气。她对林黛玉其实是有诸多忍让的，像是一个包容的大姐姐。我不会任你混淆大小关系，不会任你“欺负”不还手，但我也绝不会仗着自己大就压着你，在保住姐姐式威严的同时，给了林黛玉足够的关注和爱护。

这是薛宝钗厚道的一面。

王熙凤则不同，话语间，她似乎完全是压着林黛玉的，不仅很少在林黛玉那里吃亏，反而经常拿林黛玉打趣。

王熙凤是吃不得亏的，尤其是在平辈和小辈那里。

两者相比，薛宝钗的仁厚，更加明显。

我为人人，人人为我。

早期，薛宝钗似乎是做到了的，她对人好，别人也同样认可她。但随着家道中落，她的命运彻底走向了悲剧。

这是环境使然，谁也没有办法。

人，到底还是无法和命运抗争的，哪怕是早熟的薛宝钗。

注释

[1] 引自《红楼梦》（人民文学出版社）292页。

[2] 引自《红楼梦》（人民文学出版社）432页。

[3] 引自《红楼梦》（人民文学出版社）280页。

强者都有一颗柔弱的心

> 在男权世界中再怎么刚强，也别忘了你是一个女人。
> ——期待的那个人

这世界从来都是公平的，一般来讲，想要让所有人都满意的，一定是付出最多的那一个。

从别人那里获得认可和支持，是要付出代价的。想要的认可和支持越多，所需要付出的代价就越大。这是世间规律，谁也逃不脱。

那绝顶聪明的，可以在付出和所得之间做一个良好的平衡，在让别人满意的同时，保证自己能够得到所要。那手段不济的，就容易出问题，要么别人给出的评价不好，要么自己想要真正得到的拿不到手，或不能全部拿到手。

王熙凤就处在一个需要让所有人都满意的位置。

她的位置很重要、很风光，但也很艰难。

人们印象中，家是一个温馨的地方，但有时候家其实也很狰狞。

家的狰狞处在于不自知的干涉与掌控。就像贾政与贾宝玉。

贾政总是在羞辱和否定贾宝玉，是因为他天生不喜欢这个儿子吗？当然不是，其实贾政也是极为疼爱贾宝玉的，但他还是要处处打击自己的儿子。

原因在于贾政希望贾宝玉按照他的意愿去成长、去生活。

于贾政来说，不是先有了儿子，然后按照儿子的喜好和天赋去教育他，让他自由成长，最后成才。而是他内心先有了一个自己儿子的成长路线，待到他的儿子真正出生后，他便希望儿子按照自己心目中的形象去成长、去生活。

贾政永远不明白，他内心深处所希望的儿子形象从来不是某一个具体的人，而仅仅是他的幻想，或者说那是他的理想。

理想和现实注定是有差异的。贾宝玉是一个独立的个体，不是一台机器，他无法按照贾政写好的程序去指导自己的行为。于是，父子之间的冲突便爆发了。

贾政觉得贾宝玉不成器，完全没个样子，贾宝玉觉得贾政太过残暴，在他身上感受不到温情。

其实，贾政爱儿子的心和贾宝玉敬重父亲的心都是一样的，同样真挚、同样火热。但贾政的认知偏差，造成了父子间关系的疏远和僵硬。

他们彼此爱着对方，但都不快乐，反而像极了一对互相折磨的冤家。

这便是家的狰狞处。

即使爱存在，也未必就能够真正地快乐，还要看身处那份爱笼罩中的人是否足够聪明，能否发现如何去爱才能给自己和他人带来快乐。

父子之间，尚有这种错位，家族中的其他成员之间会如何就可想而知了。何况，贾府内的人不仅仅是血源亲，还有许多下人和奴仆。这些人，跟贾家未必就心往一处想。但他们必须与贾家的人朝夕相处。貌合神离的人整天形影不离，其中有多少龌龊可想而知。

这便是王熙凤所处的环境。

无数人在盯着她，有希望她好的，有希望她走霉运的，有真心爱戴她的，也有阳奉阴违等着看她笑话的，当然还有恨她入骨希望她快死的，也有表面巴结实际想从她身上获得好处的。

这些人、这些关系错综复杂，都在王熙凤这里交汇，像藤蔓一样，缠绕着她。

家狰狞的一面，王熙凤必然看得淋漓尽致。她知道家很温暖，是最牢靠的港湾，也知道家很冷漠，尤其是她所处的这种大家族，随时都有吞噬一个人的可能。

正因为此，王熙凤是矛盾的。她很坚强，也很脆弱；她很强大，也很弱小。

在人们眼中，王熙凤是可畏的，性格泼辣、果断决绝，典型的强心脏，但其实她很敏感。在她强大的外表下，也有一颗柔弱的心。不过是她一直隐藏得好罢了。

她不敢表露出自己的脆弱来。长辈、平辈、晚辈和下人都在盯着她，也在盯着她的位置。当人们发现这个女人其实也可欺负，那么不仅她的工作无法顺利展开，她的地位同样岌岌可危。

王熙凤手段狠辣，是因为她知道一旦自己失势，会有太多的人踩到自己的头上来。她害怕这点，所以用极度的强横来展示自己的力量。这种做法本身就说明她的内心是有恐惧的。

之所以这样，不是王熙凤性格有缺陷，也不是她天生善于伪装，而是她的位置决定了，她必须如此。她一定要有许多张面孔，才能保住自己的威严和位置。

王熙凤需要可以随时扮演不同的角色，去面对不同的人、不同的情境。

事实上，她也是这么做的。

王熙凤一出场，也就是她跟林黛玉刚刚见面的时候，就展现了这方面的能力。

这熙凤携着黛玉的手，上下细细打谅了一回，仍送至贾母身边坐下，因笑道："天下真有这样标致的人物，我今儿才算见了！况且这通身的气派，竟不像老祖宗的外孙女儿，竟是个嫡亲的孙女，怨不得老祖宗天天口头心头一时不忘。只可怜我这妹妹这样命苦，怎么姑妈偏就去世了！"说着，便用帕拭泪。贾母笑道："我才好了，你倒来招我。你妹妹远路才来，身子又弱，也才劝住了，快再休提前话。"这熙凤听了，忙转悲为喜道："正是呢！我一见了妹妹，一心都在他身上了，又是喜欢，又是伤心，竟忘记了老祖宗。该打，该打！"[1]

变脸极快，又不至于尴尬，这就是王熙凤的本事。

一方面，她确实需要在魔鬼和天使之间转换，因为她不仅要震慑住别人，也要去笼络别人。震慑是为了让对方听自己的话，笼络是要让对方帮自己干活儿。这两种角色，她早就转换自如了。

另一方面，她也需要让贾母开心。

王熙凤的地位和威严不是来自其性格本身，至少绝大部分不是来自其性格本身，而是来自她所处的位置，或者说来自那个位置所具有的权力性。

是管家所拥有的权力，让王熙凤可以统御众人的。如果这个权力消失了，那么即使王熙凤再精明能干，一样不会有如今的地位和威望。

权力，尤其是传统家族式的权力有一个特性，它是中心放射式的。

如果我们往平静的水里投一粒小石子，水面立即会出现层层波纹。离波纹中心越近，波纹的幅度就越大。权力，尤其是传统家族式的权力，也是如此。它有一个权力中心，离权力中心越近的人，所能够掌握的话语权就越多。

贾母无疑是贾府的权力中心，因此，王熙凤想要让自己的权力更稳固，就必须无限接近贾母，去讨她欢心，让她认可和喜欢自己。得到了贾母的重视，王熙凤行使权力的时候就会更顺畅。

所以，王熙凤对贾母的爱就复杂了。既有晚辈对长辈的敬爱，也有故意讨好以得到好处的谄媚的爱。

不过王熙凤手段高，别人看不出谄媚来而已。

对上，王熙凤一向是低着头的。

对下，王熙凤则始终昂着头，是高傲的，但有时候她也要硬挤出一副爱怜的笑容来。

她对下冷漠，是因为必须要拿出自己的气场和威严来，哪怕是装也要装出来，因为如果不这样，她就没办法压服别人。但一味的强横也是不行的，她需要底下人怕她，也需要底下人服她，因为她需要那些人帮她干活儿。如果人人都对她阳奉阴违，那么即使她再威风，一样无法保住自己的位置。

她想稳固自己的位置需要两个条件：一是贾母这种权力中心人物的赏识和支持；二是她能够很好地完成相应的工作。如果工作做不好，再有人想保她也是徒劳。

想要让人付出，就要让人得到好处。所以，王熙凤在表现威严的同时，也要偶尔表现出慈爱。这样才能真正掌握人心。她要用行动告诉别人，听话，我会给你好处和笑脸，反抗，我只有大棒。

这手段描述起来简单，真正掌握它的度，其实极难。

孔子说："唯女子与小人难养也，近之则不孙，远之则怨。"王熙凤手下的一帮人，正是"近之则不孙，远之则怨"的一群人。控制这样一群人，实在是难上加难，没有些本事，是做不到的，即使做到也做不好。

王熙凤其实做得很好。一在其自身能力，二在其本身性格。

普通人面对这样一个复杂的大摊子，即使有力治理好，也会觉得劳心，会时常生出惫懒的心来。不过王熙凤却很少这样，根源在她有一种要强又爱出风头的性格。

有一种人是极爱挑战困难的，他们能够在困难中发现自己的优秀处，从而徜徉其中，感受自己的强大。对他们来说，挑战困难是一个自我提升的过程。

王熙凤更倾向于另一种，挑战困难是为了获得关注和赞赏。王熙凤喜欢困难，但她更喜欢别人解决不了的困难，也喜欢在别人面前解决困难。她的目标不在困难本身，而在于被人关注。她为的是让别人羡慕、佩服和赞赏，只要能够得到这个，困难她可以忍，甚至委屈她也可以忍。

这就是她代替尤氏去帮忙张罗丧事的原因——可以露脸。这是王熙凤性格中极大的一个特点。

王熙凤的这种性格特点决定了，她必然是不肯吃瘪的。不过，有时候她必须要去吃瘪。

最简单的就是贾琏偷偷娶了尤二姐，这对王熙凤来说，是极不能接受的。

对于此，我一直有一个近乎偏见的看法，王熙凤之所以那般反对，闹得动静如此之大，未必就是因为真正爱贾琏，爱到不容许别人跟她分享贾琏。

在我看来，王熙凤似乎容不得别人分享她的任何东西，准确地说，是不容许别人在没得到她允许的情况下分享她的任何东西，哪怕那样东西虽然归她所有，但她早已不喜欢甚至打算抛弃的。

她不分享，不在于那东西本身，而在于不告知她，便是挑战了她的权威，让她失了风头了。这才是王熙凤所不能忍的。

对于贾琏，王熙凤的做法更接近于：我不会完全不允许你去拈花惹草，因为我知道管不住你，但你要保证一条，不许让我知道。否则，我就会去闹。

让她知道了，别人也会知道，别人知道她也知道这事，便会嘲笑她，这是王熙凤不可忍受的。

所以，与其说尤二姐抢走了王熙凤的丈夫，不如说尤二姐挑战了王熙凤的权威。于是，王熙凤大闹贾府，颇是显了些本事。

在男权社会中，即使强有力如王熙凤，一样有很多无奈，一样不得不去忍受诸多委屈。

以王熙凤的性格，自然是咽不下这些的，于是造就了她性格中的另一面，狠辣。

王熙凤确实够狠，堪称《红楼梦》第一狠角色。

她是杀过人的，贾瑞就是死于王熙凤之手，死之前还被王熙凤折腾得够呛。尤二姐也可以说是王熙凤杀死的。这两个人其实跟她都没有太大的仇恨。归根结底，不过是挑战了她的权威，或者说蔑视了她的权威而已。

我们不知道王熙凤到底天生就是个狠角色，还是身处那样的环境中必须让自己狠起来才能够站稳脚跟。总之，她狠辣的一面让人感觉可怕。她杀人于无形，却又让人找不出任何毛病。

不过，她的狠确实可以帮助她排解积郁。王熙凤是风光的，却又是苦闷的。她的性格决定了，只要不遂心，她便会不舒服，可是她的位置又决定了，她不得不去忍受很多的委屈。这时候，她的内心必然是烦躁而又苦闷的。这苦闷不是常人所经历的那种郁郁不得志的苦闷，而是一种想要掌控却不能的苦闷。

想要发泄这种苦闷，用狠辣的手段最为有效。

排解这种苦闷的另一种方式，就是疯狂攫取物质。当精神上不得满足的时候，人们往往会疯狂地去追求物质。不是他们喜欢物质，而是在疯狂攫取物质的过程中，可以缓解精神上的焦虑。

王熙凤确实是贪的。

她利用手中的职位，为自己谋取了很多。

而她所做的这些不光明的地方，在《红楼梦》续补的后四十回中，给贾府带来了极大的麻烦。

高鹗是按照悲剧来续写《红楼梦》的，不过他给贾府和贾府众人安排的悲剧不是时代和命运的悲剧，而是性格和行为的悲剧。

贾府衰落了，不是衰落于时代变迁和社会动荡，而是衰落于贾府的狂妄与跋扈。贾府中大多数人的风光体面不再，不是命运的安排，而是他们自己作恶太多。

在这过程中，王熙凤提供了诸多悲剧诱因。

尤二姐先前的定亲对象本没想招惹贾府的，是王熙凤撺掇他去告贾府，以此来为自己赶尤二姐出去提供合理理由。结果最后这个人给贾氏家族带来了重创。

至于放贷收利等，也都有王熙凤的身影。

王熙凤自己也因为性格而招致了悲剧，当她风光不再的时候，着实受了诸多的气。这都是她平日里不够怜悯众手下种下的恶果。

以旁观者的角度讲，贾府和贾府大多数人的所谓悲剧，或许可以勾起人的眼泪，却极难勾起人的同情，因为那是他们自种的恶果。

然而，王熙凤还是让人感觉可惜，因为她身上实在有诸多亮点。

美丽自不必说，她身上那份决绝、果断与干脆，实在令人佩服。如此精明的一个人，最终因为自己的精明而受到冷遇，总有一种说不出的滋味在里头。

或许，这是因为王熙凤缺少大智慧吧。

真正聪慧的女人，不是能够摆平多少事、解决多少别人解决不了的麻烦，而是能够让诸多人从内心里认可和尊重她。王熙凤做到了前者，没有做到后者。所以，她有先时的风光，也有后时的落寞。

可叹，可怜，却也可鉴。

注释

[1] 引自《红楼梦》（人民文学出版社）40页。

性格决定了只能做半生美人

> 人往往会恃才傲物，只要不是极端到眼里完全没有别人，恃才傲物其实也不算是什么大毛病。
> ——期待的那个人

心理学家总在强调一个概念：人的一生就是三至六岁不断重复的过程。其意在宣扬童年对一个人性格的决定性影响。

确实，童年对一个人的性格形成是极为重要的，它几乎会影响人的一生，极不容易改变。许多人的痛苦，都是童年构建正确人格失败所带来的。

《红楼梦》中的秦可卿即是如此。

秦可卿是一个人见即怜的人，她美丽、善良，最重要的是柔弱中含着一股刚强。后一点尤为关键。因为柔弱，所以没有太多攻击性，容易让人信任。又因为刚强，所以有一种向上而又不屈的精神，容易让人敬佩。一个可信而又可敬的人，自然会获得更多的认同。

事实上，秦可卿在贾府中的确有个好人缘，贾府的总权力中心贾母很喜欢她，荣宁二府两个大管家王熙凤和尤氏一样很喜欢她，尤其是尤氏和她的丈夫，他们是秦可卿的公婆，但字里行间，有时候甚至让人觉得这夫妻二人喜欢儿媳胜过喜欢自己的儿子。

让所有的人都喜欢是极为不容易的事。之前说过，想要让所有人都喜欢，是要付出代价的。

秦可卿自然也不例外，她付出的是内心的苦闷。之所以如此，源自她所给予众人的不一样。秦可卿给出的并不是切实的利益，那是王熙凤的手段，秦可卿给出的更像是一种愉悦。

秦可卿同样是一个很干练的人，但她跟绝大多数干练的人不一样，她不跋扈、不嚣张、不张狂，甚至都没有一点点的自负和自傲。她是一个很小心的人。

这就跟太多的人形成差异了。

人往往会恃才傲物，只要不是极端到眼里完全没有别人，恃才傲物其实也不算是什么大毛病。但总归是很多干练的人身上的一个小缺点。秦可卿却没这缺点。

她似乎真正做到了那一点："在人下时，将自己当人；在人上时，将别人当人。"

不自傲，不自卑，似乎正是她能够获得绝大多数人发自内心认同的法门。

不过，如果仔细阅读《红楼梦》，就会发现，秦可卿确实是一个不自傲的人，但其实并非不自卑。她的自卑卑在心里，而不是卑在行为上，所以很难发现。

当然，如此断语似乎涉嫌武断。秦可卿的所谓"自卑"，可能还有另外一种情况，她早年间确实是自卑的，不过后来逐渐克服了，但在下意识的行为中，依然有一个自卑者的影子。她克服了自卑心理，却没摆脱自卑的潜意识，虽然她的脸上已经没了自卑的影子，但行为中依然透露出，她内心有一个自卑的小孩儿。

而这些，很可能源自她童年的经历，是跟她的出身分不开的。

关于秦可卿的出身，书中有明确介绍：

秦业现任营缮郎，年近七十，夫人早亡。因当年无儿女，便向养生堂抱了一个儿子并一个女儿。谁知儿子又死了，只剩女儿，小名唤可儿，长大时，生的形容袅娜，性格风流。因素与贾家有些瓜葛，故结了亲，许与贾蓉为妻。[1]

这里的可儿便是秦可卿，本是个孤儿。

一个人，尤其是在性格养成的童年阶段，如果得不到精心的照料和保护，很难做到完全的心理健康，多少都会有那么一些缺憾。

秦可卿的缺憾跟大多数孩子一样，没体验过真正的爱，缺少安全感。

这是许多人的通病。在孩童的时候，由于父母责任心不够，或者父母本身心理就不够健全，或者父母不懂得如何正确教育孩子，往往都会出现类似的问题。秦可卿属于父母缺席。

当孩童无法从父母那里寻求庇佑的时候，通常会呈现两个极端。

一是极度压缩自我，让自己变得怯懦、胆小。他们无力去面对外界的危险，所以只能够尽量躲避危险。同时，让自己变得胆小之后，便不会对别人造成任何威胁，别人也便不会对他们有太多的敌意，这也是于这类人成长有益的。从某种角度上讲，一个没有强大实力的人，故意让自己变得胆小、怯懦，其实也是自保的一种方式，虽然看起来似乎有些缺乏尊严。

另一个极端就是变得暴戾、狂躁，极富攻击性。没有人保护他们，他们就要让自己的身上长出刺来，这也是一种自保的手段。至少让自己表面上看起来强大，也可以减少很多不必要的麻烦。

秦可卿明显属于前者，她压缩了自我。于是，我们或许可以得出这样一个结论，秦可卿童年的经历，让她成了一个懂得看人眼色、不喜跟人发生冲突的人。

她这样的性格，获得好人缘的概率是极大的，但自己的内心必然痛苦。

她的痛苦来自一直在满足别人，很少满足自己。一个长时间得不到满足的人，必然内心苦闷。王熙凤也苦闷，那苦闷来自环境的压力和复杂，而王熙凤化解这苦闷的方式之一就是利用手中的权力获取利益，当自己得到满足了，苦闷也就少一些了。王熙凤这种方式虽然也起不到根本的效果，但至少可以让自己内心深处的苦闷得到缓解。

秦可卿某种程度上也担当着王熙凤的角色，手中也握着一定的权力，但她从未像王熙凤一样，利用权力满足自己，所以，她内心的苦闷更盛。

这是一个自我不得伸展的“老实人”的困境。秦可卿一直在这困境当中。

在贾府中，秦可卿是非常小心的，小心的表现是她很细心，细心地在避免矛盾。王熙凤就不这样，从某种角度上讲，王熙凤甚至是喜欢矛盾的。她从不怕事，甚至有时候主动惹事。秦可卿完全相反。

贾宝玉跟秦可卿的弟弟秦钟第一次见面的时候，秦可卿便展示了她的小心和细心。

秦氏一面张罗与凤姐摆酒果，一面忙进来嘱宝玉道：“宝叔，你侄儿倘或言语不防头，你千万看着我，不要理他。他虽腼腆，却性子左强，不大随和此是有的。”宝玉笑道：“你去罢，我知道了。”秦氏又嘱了他兄弟一回，方去陪凤姐。[2]

熟悉《红楼梦》中人物性格的都应该可以判断出，贾宝玉和秦钟这两个人从性格上讲，是基本不可能发生冲突的。放在其他人身上，肯定不会那么在意。但秦可卿依然如临大敌一般，不停嘱咐，不仅是因为害怕万一，更是因为内心中对冲突有一种巨大的恐惧。这恐惧应该源自童年时无人保护而遗留下来的心理阴影。这也是秦可卿最大的问题。她太小心了。

事实上，秦可卿的早亡，也确实跟她性格中的这一点有极大的关系。

秦可卿病重，直接的原因是她的弟弟秦钟在学堂跟人发生了冲突。跟秦钟发生口角的孩子，也跟秦钟一样，是贾府一个媳妇的亲戚，那媳妇姓金，叫金氏，她辈分比秦可卿高，但在贾府的地位大大不如秦可卿。

即使这样，金氏听了之后，依然很是恼怒，要去找秦可卿说道说道，她自然是不敢直接去找秦可卿的，而是先见了尤氏，想通过尤氏跟秦可卿讲讲理。那时候，尤氏正在愁苦，愁苦于秦可卿的病。

他这为人行事，那个亲戚，那个一家的长辈不喜欢他？所以我这两日好不烦心，焦的我了不得。偏偏今日早晨他兄弟来瞧他，谁知那小孩子家不知好歹，看见他姐姐身上不大爽快，就有事也不当告诉他，别说是这么一点子小事，就是你受了一万分的委曲，也不该向他说才是。谁知他们昨儿学房里打架，不知是那里附学来的一个人欺侮了他了。里头还有些不干不净的话，都告诉了他姐姐。婶子，你是知道那媳妇的：虽则见了人有说有笑，会行事儿，他可心细，心又重，不拘听见个什么话儿，都要度量个三日五夜才罢。这病就是打这个秉性上头思虑出来的。今儿听见有人欺负了他兄弟，又是恼，又是气。恼的是那群混帐狐朋狗友的扯是搬非，调三惑四的那些人，气的是他兄弟不学好，不上心念书，以致如此学里吵

闹。他听了这事，今日索性连早饭也没吃。[3]

以上是尤氏的一段话。金氏听了尤氏的话后，吓得不敢理论了，因为她的段位不够。

不过，我们却可以从中看出秦可卿的性格。

像金氏这种，类似王熙凤，是不吃亏的性格，觉得自己受了委屈，就要找补回去，发现无力找补的时候方才放弃。秦可卿却不然，她是向内发泄积郁的，她发泄烦闷的方式是惩戒自己。

归根结底，还在于她那害怕冲突的性格。因为对冲突有一种天然的恐惧，所以她会下意识地放弃去寻找冲突的另一方负担责任，而是自动归因为自己这一方做得不够好。

人总是会遇到委屈与不公的。当无论是谁做错，他都觉得问题出在自己身上时，其内心一定痛苦异常。

可秦可卿偏偏就是这个性格。

其实也可以看出秦可卿在贾府中的行事风格。她是有地位的，因为贾府中有地位的人都喜欢她，也都宠着她，但即便如此，她依然没有半点儿强者的样子，反而处处赔着小心，生怕自己哪里做得不够好，惹得别人不满意。

在贾府中，处处看人眼色压抑自己的也有其他人，刚刚来到贾府时的林黛玉就是其中一个，处处赔着小心，牺牲自己的心情迎合别人。但林黛玉真正融进贾府之后，马上就没了那份谨小慎微，反而变得刻薄起来。

所以，虽然林黛玉的内心也有苦闷，但苦闷的性质与秦可卿不同。林黛玉是因为理想太过缥缈，实现无望，是现实与理想的冲突。秦可卿则是因为将自己的身段放得太低了，而且从没想过要将身段提高起来所导致的苦闷。

用不够尊重人的话说，林黛玉苦闷是因为自身太过矫情，秦可卿苦闷则是因为为人太过卑怯。

而这一切，自然跟她的出身有关。

自幼是孤儿，需要看人眼色生活。虽然被父亲领养了，且对她照顾有加，但性格已经养成，很难改变。更为重要的是，家道一般的秦可卿偏偏嫁入了贾府这种大户。虽然贾府中没有人瞧不起她，但性格敏感的她一直将两家地位上的差异当成是一道不可逾越的鸿沟，因此处处赔着小心。

像王熙凤和林黛玉那种出身大户人家的，就从没有这般过。从小的优越条件，让她们敢于去喊出自己的需求。秦可卿却不敢。

于是，她只能憋着一股劲，让自己变得完美，再完美。

但人是不可能完美的，秦可卿注定无法做到可以摆平所有麻烦。

而贾府偏偏又是个麻烦横行的地方。在这里，不是你自己不想惹麻烦，麻烦就不会来，贾府中各路关系的复杂决定了，即使你想平静也不会获得真正的平静。

所以，秦钟无甚过错，却依然跟人发生了冲突。

偏偏在秦可卿眼里，跟人发生冲突便是不妥当的。因此，她对自己的这个弟弟表示失望。

其实，她不是失望于弟弟太过调皮，而是失望于弟弟竟然不像自己一样，不愿去牺牲自我获取平静，她怪的是弟弟竟然没有用怯懦去追求完美。

自卑与多疑，让秦可卿毁了自己。

她终于因为自己无法获得完全的平静而忧郁成疾，最终早早便亡故了。

注释

［1］引自《红楼梦》（人民文学出版社）128页。

［2］引自《红楼梦》（人民文学出版社）112页。

［3］引自《红楼梦》（人民文学出版社）143页。

平凡的成功者

> 争是不争，不争是争。
> ——期待的那个人

佛家有云：**“争是不争，不争是争。”**

很多人对这话都有一个误解，觉得是导人向恶，是教人们以不争的姿态去争，在告诉人要表面上做出一副不争的样子来麻痹别人，然后私下储备力量去争。类似于浑水摸鱼、暗度陈仓等。

其实，这是大错特错的，错不在这句话，在于人们的理解。

俗语云：“什么人眼中看什么事。”一心阴谋诡计，只想着用最少的力气去获得最大的收获，这样的人，看这话的时候自然会给予曲解。不是道理本身歪曲，而是他们的内心让他们只能够从歪曲的方向去解读道理。

事实上，这句话的真正含义是，不要去争，但不争不是什么都不做，而是不去着眼于争，只要埋头做自己该做的事情就好。等到你将自己该做的做完了、做好了、做成了，那你本没想要争的东西反而会自动来找你，因为你已经通过努力达到了那个境界。

就好比职场中，有一个经理的位置空着时，佛家会劝导，不要处心积虑去钻营，而是干好本职工作。当你的能力达到那个水平了，位置自然就是你的了。只知道钻营，不去琢磨业务，即使争得再欢，一样无用，因为群众的眼睛是雪亮的，自然知道谁更合适。如果这家公司偏偏乐于选择没能力、不合适的人去做领导，那要做的也不是用非正规的手段去争，而是离开。因为这样一家公司注定没有发展。

这才是“争是不争，不争是争”的真正含义，做好自己该做的，你想要的自然会来。

在《红楼梦》中，也有这样一例。

那个人就是李纨。

其实，细说起来，李纨在《红楼梦》中算是存在感比较弱的一个。若论地位，她其实很高，是王夫人的大儿媳，最重要的是她还有一个儿子，她的儿子贾兰在贾府第三代中也是非常得宠的一个。不管是自身所处的位置，还是凭借母以子贵的传统氛围，李纨其实都应该有一定的存在感的。

她之所以没有存在感，或者说存在感相对较弱，是在于她的性格。

李纨是一个不争的人。

“这李氏亦系金陵名宦之女，父名李守中，曾为国子监祭酒，族中男女无有不诵诗读书者。至李守中继承以来，便说“女子无才便有德”，故生了李氏时，便不十分令其读书，只不过将些《女四书》《列女传》《贤媛集》等三四种书，使他认得几个字，记得前朝这几个贤女便罢了，却只以纺绩井臼为要，因取名为李纨，字宫裁。因此这李纨虽青春丧偶，居家处膏粱锦绣之中，竟如槁木死灰一般，一概无见无闻，唯知侍亲养子，外则陪侍小姑等针黹诵

读而已。”[1]

李纨这种不争的性格，应该来自两方面。一是她本身就是那种恬淡、喜静的人，没有太高的心气，也不爱出风头。二是从小教育使然，她父亲似乎就没想过让她成为一个出类拔萃的顶尖人才，只是希望她能够平安过一生而已，因此从未像打造一个才女那样去对待过李纨。

同时，丈夫的早夭，也注定李纨要相对低调一些。一个本就不愿张扬的人，处在一个需要低调的位置，自然就没那么强烈的存在感了，这很好理解。

在你方唱罢我登场的贾府中，李纨从来都是可有可无的存在，尤其是书的前面的部分，她向来没有任何戏份儿。

若处在这个位置的是林黛玉或王熙凤，怕内心会无比煎熬吧，她们这类人，最是喜欢热闹与关注。对王熙凤那种性格而言，给她什么都不如给她前呼后拥的大场面让她来得开心与快乐。

但李纨应该不存在这个问题。她似乎从来都是一个耐得住寂寞的人。

这样的人其实是有些无趣的，但更少烦闷。孤独与寂静不是普通人能够忍耐得了的，却有人享受其中。

从这个角度讲，李纨的生活应该也没多少苦闷。

当然了，她还有另外一个快乐的来源，就是她的儿子。李纨也确实像一个不争的人那样，不去参与府内大小事项的管理，而是一心一意完成自己作为一个母亲的责任。当然，最后这份尽责也确实让她得到了别人没有得到的收获。

然而，一个人可以忍耐孤独与冷寂，不会感觉到孤独与冷寂是烦躁与难挨的，不等于她就不希望生活丰富多彩一些。

事实也确实如此。有些人宅在家里，一样不会觉得有什么不好，但他也会希望身处人群中，被朋友环绕。

对于这样的人，最好的生活方式是出外有一群知己朋友，归家有属于自己的独立空间。想热闹的时候能找到人陪，想静一静的时候有地方去。

这应该也是李纨梦想中的生活。

这种生活，后来，她得到了。

那也是贾府中最繁华、最热闹的一段日子。元妃省亲，大观园落成，贾府风光无比。年轻的贾家子弟住进了大观园，每天玩耍取乐，好不热闹。

后来，这群人突发奇想，成立了诗社。这时候，李纨的戏份儿开始多了起来。她也是诗社成员。

其实，算起来，李纨应该是诗社真正的创始人，这个主意最开始是她想出来的。只不过似乎那时时机不到，一直没有具体实施，后来探春重提此事，才得以实现。

不过李纨并没有抢夺功劳。她在意的似乎永远都不是功劳，而是快乐。

可见，其实李纨也是向往热闹与喧嚣的，她只不过是能够耐得住寂寞罢了，其实，内心中也有被关注的需要。不过从小的成长经历决定了她注定不是个以出风头为乐的人。

她从来随遇而安，不得关注的时候就自得其乐，有热闹的时候也不会推却，而是融入其中，体会亲朋环绕的乐趣。

这是一种极为洒脱的人生态度，蕴含着真正的大智慧在里头。

简单的人，总是最容易获得快乐的。李纨就是这样一个简单的女人，所以，她虽不是最耀眼的，却也从未暗淡过。王熙凤一直最为闪耀，结果也身死灯灭，黯然无光了。林黛玉不也一样吗？只有李纨，从未最亮，却也从未无光，这是最为理想的一种状态。

事实上，有时候我也会觉得，李纨似乎是最为接近佛家精神的一个人。

《红楼梦》中有一个人气颇高的佛门中人，妙玉。书中的人敬仰她，读者喜爱她。但我却觉得，其实她离佛甚远，不过是一个俗人罢了。李纨这种，才是胸藏大智慧的。

妙玉的特点在于高傲，她给人一种距离美，你永远都无法接近她，因此便有了距离，有了距离也就有了遐想的空间，美便从中产生了。那种可望而不可即，是可以勾起人们无限憧憬的。

但这便与佛无关了。

佛讲普度众生，佛要到众人中去，妙玉偏偏远离了众人。她的远离不是因为窥破了尘世烦扰，而是对尘世有一种厌弃和鄙夷。一个厌弃众生的人，怎能成佛？

从某种角度上讲，妙玉之于佛，不过是寻找一个与俗世俗众拉开距离的借口罢了。这借口其实完全可以被替代。妙玉寻找的不是一个真正的心灵归宿，她要的只是一个可以远离他人的地方，仅此而已。

她或许真的有其过人之处，有一份特异的气质，让她可以傲视俗众，但她身上的那份特异之处，从来与佛无关，与佛家的精神也无甚关联。

这便是妙玉俗的地方了。

而李纨恰恰相反。她从人群中来，又往人群中去，她不傲然于群，却也从未离群索居。她就是人群中的一个，看似平凡，其实不凡。

李纨真正让人羡慕的，是她与环境相容的能力。

当生活夺走了她丈夫、让她孤寂的时候，她便孤寂，于孤独中寻找慰藉。当生活给她希望时，她便抓住希望，参与成立诗社，为自己创造精彩、创造快乐。

逆命运而行，更容易生出英雄来；顺命运而行，更容易生出智慧来。

你给我不幸，让我低头，我偏偏不去低头，而是要跟命运拼个你死我活。这样的人，让人敬佩，这样的人中容易产生英雄。但我们也要知道，那英雄背后是一堆堆白骨。逆命运而行者，成功的永远都是极少数。只不过这份悲壮更容易击中人心，更容易让人记住而已。但其实，这类行为，失败更为常见。

你给我不幸，让我低头，我不去跟你拧，而是擦亮双眼，从这不幸中寻找出幸福来。这便是一种智慧了。这种人会遭遇人生的逆境，却很少遭遇心情和生活的逆境。她们那双善于发现的眼睛，让她们永远可以找到生活中的美丽惬意之处。

李纨显然找到了，也做到了。

所以她是不起眼儿的，却也是最没烦恼的，虽然她处在一个看似烦恼最多的位置上。

生活不会给某一个人永远的顺利，李纨自然也一样。

随着贾府的逐渐没落，李纨走上了一条她似乎从来都不想走的路。她也开始手握权力了，去代替王熙凤，处理府中的一切事务，当然她是跟探春一起主政的。

其间，她算不上十分优秀，却也可以说将贾府治理得井井有条。

可见，李纨是有才能的，不过是不愿出风头，不想展示罢了。

其实，还是因为她的性格，她要的从来不是所谓的功劳，她只要生活快乐。

不争的李纨，被推上了人人都想尝试一下的位置。

高鹗先生又给了李纨另一个位置。

其实，从书中开头，就已经预示着贾府的没落了。不管贾府的场面多大，交际多广都没有用。因为它明显已经后继无人了。贾家晚辈中，似乎没有哪一个像是可以考取功名的，而这是维系贾府繁荣的唯一保障。后辈中人才的匮乏，注定贾府的辉煌只是短暂现象。这一点，在书的后半段体现得尤为明显。贾府子弟，能成事者几乎没有，能败事的却比比皆是。

而贾府中在对孩子的教育问题上，李纨无疑是做得最好的。贾兰很懂事，也很上进，是个有能力的。

高鹗先生也确实给了贾兰一个功名。

李纨似乎从未想要凌驾于贾府其他人之上，只是默默教育自己的儿子。而在她完成自己的本职任务之后，大家发现，别人想做都做不到的事情、想坐也坐不上的位置，李纨已经拥有了。

“争是不争，不争是争。”实在恰当不过。

这是李纨的宿命，却也是她努力的结果。一个一心做事的人，结果总不会坏的。

这世界从来公平，想要得到，必然要付出。但从哪个方向付出就有学问了。大抵来讲，努力干好自己的本职，从来不会差。

做好自己，是对自己最大的负责。要学会满足心中的自己，而不是别人眼中的自己。为自己而活，可以活出精彩；为别人而活，只会陷入痛苦。

注释

［1］引自《红楼梦》（人民文学出版社）55页。

后记
>>> 不再仰望，而是相逢

> “没有人在读书，人在书中读的，不过是自己。”
> ——罗曼罗兰

阅读时，我们以为看的是别人的故事，其实不是，我们看到的是隐藏的自我。

从某种程度上讲，阅读，是认识自己的最佳渠道。

我们认同的人物，一定是我们希望成为或拥有的人物。我们感动的情节，一定是我们内心渴望的情节。

一个人喜欢孙悟空，是因为他梦想成为孙悟空；一个人喜欢林黛玉，是因为她渴望成为林黛玉。

然而，这渴望当中也有区分。

有的渴望拥有林黛玉的才华，有的渴望像林黛玉那样，有一个在意她的宝哥哥。

阅读时，走进人物，阅读后，跳出人物审视自己，是发现自我的最佳方式。

这是阅读的意义，不仅在于成长、获取知识，更有利于了解自我。

但并不是每个人都能够从阅读中发现那真实的自我。还需要技巧，需要机缘。要碰到自己中意的人物，并真正走进、了解那人物才可以。

因此，发现自我的方式便由阅读变成了广泛阅读。

从芜杂中提炼，自众多中发现。

这并不容易。

作为一个书写者，能做的，也仅仅是提供更多的典型，并尽可能将之分析得深入、透彻。

至于哪个人物能够对应到自己，只能依靠读者自己去发现了。

我相信，若有缘，这必然不是问题。